小学館文庫

小説
STAND BY ME
ドラえもん

原作／藤子・F・不二雄
山崎 貴

小学館

1

そこは奇妙な空間だった。

実際にどのくらいの広さがあるのか、一見しただけでは測りようのない広がりがそこにはあった。

その中を不思議な青色を帯びた無数のプレートがゆっくりと流れていた。

時計を模した物体がふわふわと浮かんで、その空間が時間に関係した場所だということを教えてくれている。

そこに浮かんだ未来型の空飛ぶ絨毯のような機械の上で、二つの人影がなにやらモニターらしきものをのぞき込んでいた。

一人は人間の少年だったが、もう一人はなにやら丸いずんぐりとした形状のロボットのようだった。

モニターの中では、眠っている少年に母親とおぼしき女性がひたすら声をかけていた。

「のび太！　早く起きなさい！　もう朝ごはん食べてる時間ないわよ〜」

「のび太！　遅刻するわよ〜」

反応のない少年に半ば堪忍袋の緒が切れた女性は声を荒らげる。

「のび太〜！　いいかげんに起きなさい‼」

その声にやっと少年は目を覚まし、枕元に置かれた眼鏡をかけて時計を見た。

少年の顔色が急に変わる。

「うわーー！　なんで起こしてくれないの？　ママーー」

「何度も起こしました！」

「いて、あてて。いってきま〜す！　うわああ」

少年はパジャマから黄色い服に着替え、大急ぎで家をあとにして、真っ赤な顔で走っている。

「まだ……ぎりぎり……間に合う～！」

——ほらあ。やっぱりね。

モニターに映る様子を見ながら、丸いほうがあきれたような口調で言った。

それを人間の少年が、なだめるように言葉をつなぐ。

——まあ、とりあえず続きを見よう。

モニターには小学校の廊下で、先ほどの黄色い服の眼鏡の少年が浮かぬ顔で立っているのが映し出されていた。結局、少年は学校に遅刻してしまったようだ。

そのとき教室から、値のはりそうな緑のチェック柄の服を着た小柄な少年が、ニヤニヤしながら廊下に出てきた。

「まいったよ～、三日連続でステーキで。あれれ？　のび太～、まだ立たされてんの？　遅刻して立たされるって、どんな感じ？　ウフフ」

小柄な少年はそう言って、立たされている眼鏡の少年の耳元に顔を近づける。

「一回くらい立たされてみたいな～。あはは」

そこに、もう一人、体の大きい気の強そうな少年がやってきた。

「オイ、スネ夫——、そのくらいにしといてやれよ。ずっと立ちっぱなしで、のび太のヤツはおつかれなんだから」

どうやら眼鏡の少年はのび太、小柄な少年はスネ夫というらしい。

「ジャイアン……」

のび太にジャイアンと呼ばれた体の大きい少年がニヤニヤしながら続ける。

「今日は野球に入れてやるから、ふふふ……、ありがたく思えよ」

「ぼ、ぼく～、用があるんだけど……」

のび太は、ジャイアンの誘いを断ろうとするが、

「なに～！　のび太のくせに、生意気だぞ！」

ジャイアンはのび太の肩を抱きながら、耳を引っ張る。

「いてててて……」

「二人ともやめて！　のび太さんがイヤがってるでしょ！」

突然そこに、髪を二つに結んだ優しそうな女の子が割って入った。

「しずかちゃんには関係ないだろ？」

「そーだそーだ、ソースイカ！」

「そんな言い方ってないでしょ！」

ジャイアンとスネ夫の反撃に、しずかちゃんと呼ばれた女の子は一歩も退かずにやり合っている。

――あーあ、女の子に助けられてるよ。

――思ったより情けないなあ。

モニターをのぞき込んでいた二人はため息をついた。

次に、のび太が公園で野球をしている場面が現れた。

「のび太!!　いくぞ～！」

「おー！」

ジャイアンのかけ声とともにバットで打ち出されたボールは、大きく宙へのび上がり、のび太の頭上に飛んできた。

「あっ、ああ……」

のび太は必死でボールを捕ろうとするが、モタモタしているうちに、ボールはのび太のおでこを直撃した。

「ハハハーー、のび太、ナイスキャッチ！」

スネ夫がバカにしたように、のび太に声をかける。

そのとき、脇でのび太のエラーを笑っていた太めの小さな女の子が突然ジャイアンに向かって叫んだ。ジャイアンの妹、ジャイ子である。

「お兄ちゃん、わたしにも打たせて。ねえ、バット貸して、貸して」

「おう、一回だけな、ジャイ子」

妹には甘いジャイアンは、バットをジャイ子に渡す。

「えい！」

意気揚々とジャイ子が打ったボールは、一直線にのび太のほうへ飛んでいく。

「たあ！」

のび太はスライディングキャッチを試みるが……。

倒れた勢いで、ズボンが脱げてあわれにもパンツ丸見えになったのび太の腰に、ボールが鈍い音を立てて当たった。

——かなりの運動音痴。

——うーん、確かに。

モニターを見ていた二人は、さらにため息をついた。

そして少年はモニターの時間を少しだけ進めた。

モニターの中は、夕方になっていた。

自分の部屋で、のび太は机に向かっていた。

それを見て、少年は希望を取り戻した。

——おっ。まじめに勉強し始めたよ。頭いいかも。

——どうだか。

丸いほうは、少年の言うことを疑う様子で、モニターを見つめている。

間もなく、モニターの中で、のび太が机に突っ伏して居眠りを始めた。

——ほらね。

丸いほうがそう言った瞬間、のび太の机から一枚の紙が落ちた。どうやらテストの答案のようで、0点と書かれている。

——やっぱりやめようよ〜。行ってもムダだよ。

――ほっとけないだろ。ほら、誰かが面倒見ないと。

――ムリムリムリムリだよ～。

――とにかく、ひいひいおじいちゃんと話してみようよ。さもないと、鼻のスイッチを～。

少年は丸いほうの鼻に向けて、脅すように人差し指をゆっくり動かした。

――わかったよ～。仕方ないなあ。

丸いほうは、彼らが乗っていた空飛ぶ絨毯のような乗り物のシートに座り直すと、ペダルを踏み込んだ。

――よし、じゃ、行くよ～！


周りに浮かんださまざまな大きさの透明な青いプレートや時計の形をした物体が、ある規則性をもって整列した。

それらがつくる青いトンネルの中を、彼らの乗った機械が滑るように発進した。

2

のび太は布団を抱えて眠っていた。まさに文字通り夢の時間。のび太にとっては最高の時間が流れていた。

すると、のび太の部屋に置かれた学習机の一番大きな引き出しが、ガタガタと揺れ始めた。のび太はまったくそんなことに気づかず睡眠を楽しんでいる。

しばらくすると机の引き出しのわずかな隙間がまばゆく輝き出した。

「ふっ！　んぐぐぐぐ」

「あ、開いた」

引き出しが開いて、中からつるっと丸い球体が出てきた。

それは引き出しの底板から生えてきたかのようにも見えるし、引き出しの下に謎の空間があって、そこから顔だけ出しているかのようにも見えた。

物体にはくりっとした目と、真っ赤なまん丸の鼻、大きな口があり、そして左右に細いヒゲが三本ずつ生えていた。

大きな青い猫のような、タヌキのような風情だが、猫に見立てるには重要なパーツ、耳がなかった。

それはトンネルの中にいた二人のうちの一人、まん丸な頭の青いロボットだった。

ロボットはそっとささやいた。

「のび太くん！　君、のび太くんだろ？　フフフ」

のび太はようやくうっすらと目を開け、寝ぼけ眼で声のする方向を見た。

「……誰？」

のび太の近眼のピンぼけの視界に、その物体の姿が飛び込んできた。

「わあーーー、タタタタヌキ……！」

なにやらわからないまん丸な物体が、机の引き出しから生えてこちらに話しかけている。

さっきまでのぼんやりしていたのび太の脳を、電流が走ったかのような衝撃が襲った。

「もう、タヌキとは失礼だな、君は。ま、ムリもないか。ん？　暗いな」

あわてるのび太とは裏腹に、丸い青いロボットは落ち着いた様子でのび太の部屋の明かりを点ける。

ようやく目を覚ましたのび太は布団にしがみつきつつも飛び起きて、パッと眼鏡をかけた。

はっきりしてきたのび太の視界に、その物体の全体がくっきりと見えた。

「こんばんは。ぼく、ドラえもん」

「だ、だ、誰だって？」

ドラえもんと名乗るロボットはのび太の動揺はまったく気にならない様子で、机の引き出しから「よいしょ」と言いつつ床に下りた。

その後ろから今度は黄緑色の未来的な衣装に身を包んだのび太と同じくらいの歳の少年が、「あれ？　引き出しから出ちゃった」と言いながら現れて、ドラえもんの横に並んだ。

「ぼくはセワシ。驚かないで聞いてね。ぼくらは未来から来たんだ！」

「あああ……」

突然の訪問者に二の句が継げないのび太は、二人が出てきた引き出しの様子が気になり出した。二人をよけるようにして、自分の机に近寄って、引き出しの中をのぞき込む。

「うぉー、どうなってるの、これ〜?」

引き出しの中は、異次元の浮遊空間が広がり、二人の訪問者が乗ってきた空飛ぶ絨毯のような乗り物がふわふわと浮かんでいた。

のび太が引き出しに入っていたものを気にしているのかと思ったドラえもんは、自分の白い腹にあるポケットのようなものを引っ張りながら、自慢げに言った。

「ああ、引き出しの中にあったものは心配なく。この四次元ポケットにすべてうつしておいたから。

もう、なんでも入っちゃうんだよ、このポケットは。いっぱいいっぱいすっごい入ってんだから……」

ドラえもんの説明はそっちのけで、引き出しの中に落ちんばかりにのぞき込むのび太だったが、ひとまず落ち着いたところで、まずは彼らにお茶を出すことに決めた。

こういうときにはまずは落ち着いて、普段と同じことをすればよいのだ。

のび太はパジャマのままで台所に行くと、両親が起きないように細心の注意を払いながらコップにお茶をいれた。

そして戸棚から見つけたドラやきを皿に盛って、二階の自分の部屋に運んできた。

物珍しそうに部屋の中をキョロキョロと眺めていたセワシが恐縮して言った。

「あ、お構いなく」

お茶とドラやきが盛られた皿を中心にして三人が床にすわった。話をきくと、セワシはのび太の孫だと言う。

「せっかく来てもらったけど、まだよくわからないよ……。ぼくの、その、孫って言われても……」

「正確には、孫の孫。ぼくは君の四代あとの子孫なんだよ」

「ぼくはまだ子どもだぞ。子どもに孫がいるもんか」

のび太の頭の中は再びぐるぐる回り始めた。

いったいこの少年は何を言っているんだろうか？

普段だったら絶対信用できない話だけれど、彼らは机の引き出しから現れたのだ。

普通の子どもだったら、そんなこと絶対できない。

だったらやっぱりこのセワシと名乗る少年は、本当に未来から来た自分の子孫なんだろうか？

のび太がぐるぐると考えをめぐらせていたとき、ドラえもんは横でまったく遠慮のない様子でドラやきを持ち上げ、ぱくっと口に放り込んだ。そして、次の瞬間、飛び上がると同時に叫んだ。

「おいしい!!!　これ、なんて食べ物？」

「あ、それはドラやきだけど……」

「ドラやきって、いうんだ！　こんなおいしいもの食べたことないよ。あーぐ！」

ドラえもんはドラやきに猛烈に感動しながら、皿を抱えて、もう一個口に放り込んだ。

あきれた様子でドラえもんを見つめながらセワシが続ける。

「んもー！　あのね、ひいひいおじいちゃん、君だっていずれ大人になるだろ？」

「うん」

「そしたら結婚するだろ？」

「そうなの？」

「するんだよ、十九年後に」

「えっ、ほんとに？　あっ、相手はど…どんな人？」

のび太は思わず前のめりになって、セワシに詰め寄った。

セワシは胸のポケットから小さい端末のようなものを取り出して、そこから画像を宙に映し出した。

「えーっと、これが結婚写真。ジャイ子って言ってたなあ」

「えっ！　ジャイ子!?」

「そのあとの生活がこれ」

そう言って、セワシはさらに写真を映し出す。

そこには、大人になってさらに大きくなったジャイ子とジャイ子にそっくりな子どもたち、そして、存在感なく画面の端に写る大人ののび太の姿が見えた。

「あんながさつな子が、ぼくの……あああ……」

のび太は急に立ち上がり、セワシに向かって叫んだ。

「うそだ！　帰れ!!　帰れったら、帰れ!!」

真っ赤な顔で追いかけてくるのび太から逃げるように、セワシはあわてて引き出しに隠れる。

「出てけ‼ そんなデタラメ、信じないぞ――‼」

正気を失ったのび太の様子に、のんきにドラやきを食べていたドラえもんも皿を抱えたままあわてて引き出しに逃げ込んだ。

引き出しの前で泣きながら肩で息をするのび太に向かって、セワシが引き出しから話しかけた。

「あの……怒らないで聞いてほしいんだけど……実は、このままだと君は一生、ロクな目にあわないんだ」

「ええ……」

「これを見て」

セワシは再び、端末から別の画像を映し出した。一枚目は〝会社設立記念〟と書かれた横断幕と、ひょろっとした眼鏡の青年、続く画像は丸焼けになった社屋の前で力なく笑っている青年、そして、最後は、ジャイ子と子どもたちを抱えて、借金取りに囲まれている青年の画像だった。

「就職できなくて、自分で会社をつくるんだけど、火事になっちゃって、会社が丸焼け。そのときの借金が雪だるま式にふくれ上がってさ、おかげで家は貧乏で、オンボロのお古ばっかりなんだよ」

そう言いながらセワシは最後に、引き出しから足を出して、底がはがれたボロボロの靴を見せた。そして、さらに上半身を出して「わかった？」と、のび太の顔を見た。

「あ、あああ……すまないなあ、君たちにまで迷惑かけて……」

のび太の目からとめどなく涙がこぼれ落ちる。

「ぼくはもう、生きていくのがイヤになったよ……」

そんなのび太を励ますように、セワシが引き出しから飛び出して、机に腰かけた。

「そんなに気を落とさないでよ。未来は変えることだってできるんだから」

「えっ、ホント？」

未来を変える？

セワシが今言った言葉が美しい光の矢になってのび太の心臓を射貫いた。

この知りたくもなかった最悪の未来を、このセワシ少年は変えることができるらしい。

のび太はそのためならなんでもすると強く強く思った。

涙で潤んだ目を向けるのび太に向かって、セワシは目の前に浮かんでいる映像を手で払いのけて消した。

「ぼくらは、そのために来たんだ、な、ドラえもん？」

セワシがそう言って、引き出しの中に目をやると、下に止めてある乗り物で、ドラえもんがドラやきを食べ続けていた。

「えっ、セワシくん、ぼくはまだオッケーって言ってないし……、モグモグ」

ドラえもんの声を聞いたセワシは、

「ハハ……。ちょっと、待ってて」

少々イライラした様子でのび太にそう言って、引き出しの中に入っていった。

「ドラえもん、ちゃんと話し合っただろ⁉」

異空間の乗り物の上で、セワシとドラえもんがあーだこーだともみ合っている。

どうやら、セワシの説得にドラえもんが応じないようだ。

「んにゃ、ぎゃぎゃぎゃ」

「ふんっ！」

ドラえもんに振り切られて倒れたセワシがついに、しびれを切らした。

「んぎぎぎ……、しょうがない。これだけはやりたくなかったが……」

そう言って、セワシはドラえもんの赤い鼻をむんずとつかんだ。あわてるドラえもん。

そして、ゼンマイを回すようにギリギリとその鼻を回す。

「のび太くんを幸せにしない限り……」

「あわわわわ」

「未来に帰って」

「やめて！」

「来られない!!」

セワシはドラえもんの鼻を押した！

ドラえもんの鼻は赤く点滅し、目はぐるぐる回り始める。そして、ドラえもんの体は一瞬ブルブルっと震えて、ピーッという音とともに止まった。

ロボットであるドラえもんに何かがプログラムされたようだった。

突然、のび太の前に引き出しからセワシとドラえもんが飛び出してくる。

「あーーっ！　セワシくん、ひどいよお」

そう言って追いかけてくるドラえもんをうまくよけながら、セワシはのび太にこう言った。

「今日からこのドラえもんが君の面倒を見るよ。ぼくは何かと忙しいんでね」

「ムリ、ムリムリ！　そんなのムリだよ！」

セワシとドラえもんが、のび太の周りをドタバタと走り回る。

後ろからセワシのボディスーツを引っ張るドラえもんを振り切る形で、セワシは机の引き出しに足をかけた。

「のび太くんの幸せが成し遂げられたら、すぐに帰ってこられるようにプログラムしておいたから」

「ほんとに？」

疑いの目を向けるドラえもんを諭すようにセワシは続ける。

「もし、君が残りたいっていっても、無理やり帰されちゃうよ」

「ないない！　ぜったいにないないない！」

「じゃ、そういうわけだから。頼んだぞ、ドラえもん」

「んむ～ぐっ」

そして、不満げなドラえもんをよそに、セワシは引き出しの中に入り、顔だけ出してのび太のほうを向いた。

「ちょっと扱いづらいヤツだけど、きっと、ひいひいおじいちゃんの役に立つと思うよ。またね！」

そう言ってセワシは、未来へと帰っていった。

3

引き出しは自動的に閉まり、来たときと同じように隙間に光が走ると静かになった。

のび太が引き出しを開けてみると、そこにはよく見知ったコンパスや三角定規などの文房具が乱雑に入っているだけだった。

のび太は今、目の前で起きた出来事がすっかり丸ごと夢なんだと思うことにした。寝ぼけすぎて起きたあとも夢の続きを見たのだ。

しかし、振り返ると、そこには相変わらずドラえもんがいた。どうやら夢ではないようだ。そしてドラえもんはなんとなく不機嫌そうだった。

「よろしくね、ドラえもん」

さっきのセワシとドラえもんのドタバタを避けて、お茶の入ったコップをお盆ごと避難させていたのび太は、お盆を膝にのせたまま、そう言って恥ずかしそうに頭をかいた。

そのとき、片手で支えていたお盆がバランスを崩し、のっていたコップがお盆から落ちてお茶がこぼれた。

「うわあああ」

「だーーー‼　やっぱりムリだ‼　ぼくも未来に帰るよ〜‼」

早速のび太のドジっぷりを見せつけられたドラえもんは、未来へ帰ろうと机の引き出しを開けて中に入ろうとしたが、そのとき、鼻が点滅しブザーが鳴った。そして、電子音のようなアナウンスが流れる。

――成し遂げプログラム、不正ワード〝未来に帰る〟を確認――

そしてドラえもんの鼻から体全身に、ビリビリと電流が走る！

「だ〜！　わたたたたっ……いたた、いたた、わかった、わかった、わか…いたた‼」

その痛みに、ドラえもんはのび太の部屋中をドタバタかけ回ったが、いっこうに電流がおさまる気配がない。もはやギブアップしかないところまで追い詰められた。

「わかりました！　のび太くんを幸せにします！」

ようやく電流はおさまり、ダメージを受けたドラえもんが倒れていた。

「ったく～、セワシくんもひどいプログラムをセットしてくれたもんだよ、もう」

そう言って立ち上がり、「ケガしてないかなあ～」とおしりや背中、足を確認している。

ドラえもんのその様子を見て、のび太は少し不安になってきた。

「君～、本当に役に立つの？」

「ん？　なにを～！　今、二十二世紀のすごさを見せてやる！」

のび太の言葉にカチンときたドラえもんは、白いお腹にあるポケットから、竹とんぼのような形をした黄色いものを取り出した。

「ジャーン！　『タケコプター』！」

「それ、なあに？」

「いいから、いいからっと！」

いぶかしがるのび太を無視して、ドラえもんはタケコプターをのび太の頭に置いた。

不思議な力でそれはのび太の頭頂部にぴたりと吸いついた。

そして、ドラえもんは窓を開けると、「はいはいはいはい！」と、外に向かってパジャマ姿ののび太を押し出した。

「ちょ、ちょ、ちょっと……、窓から出てどうするのさ」

「きっと、楽しいよ」

バランスが取れなくなったところで、ドラえもんがのび太の背中をポンと押した。

「うわあああああああ」

のび太は二階の窓から落ちた。

地面がみるみる近づいてくる。

このまま落ちたら大ケガだ。

未来がさらに悪いほうに変わってしまう！　と一瞬でのび太は考えながら思わず目をつぶった。

とてもピンチなとき、時間がのびる感じがすると誰かに聞いたことがあるけど本当だなと、のび太は思った。

さっきの勢いだともういくらなんでも地面についているはずだ。

しかしなかなか顔は地面に到達しなかった。

のび太は恐る恐る目を開けた。

地面まであと五センチというところでのび太は空中に止まって浮かんでいた。

頭の上で何かが回っているヒュンヒュンという音がしていた。

あのタケコプターという機械が作動しているのだ。

ドラえもんもタケコプターをつけて窓から降下してきた。

「すごい！　ぼく、宙に浮いてる」

「ハハハッ、すごいだろ？」

のび太は思わず自分のほっぺたをつねってみた。痛い。

「夢じゃないんだ〜！」

そのとき、のび太のタケコプターから「キンッ」と金属音がして、プロペラ部分が超高速で回り始めた。その瞬間、のび太の体ははるか上空に吹っ飛んでいった。

「うッぎゃあああああああああああああ！」

のび太はもう街全体が見渡せるくらいまで高く高く上昇していた。

上昇はとどまることを知らず、のび太の高度はグングン増していった。

　ドラえもんもあわてて追いかけるが、のび太の上昇スピードは凄まじく、なかなか追いつけなかった。

「助けてーっ！　宇宙まで行っちゃうよぉ」

「落ち着いて。落ち着いてってば」

「止まれ！　止まれ！　止まれ！　止まれ！　止まれ！」

「あ、止まった」

　のび太は今度は猛烈な急降下を始めた。

「あ～っ！」

「のび太くん！」

「ぎゃもおおおおお！　動け！　動け！　動け！　動いて！」

　のび太は勢いそのままで地面に激突しそうになったが、タケコプターの安全装置が働いて、地面数十センチのところで落下は停止した。

　だが、今度は横方向に超高速ですっ飛んでいった。

　シャッターが下ろされた夜中の商店街に突っ込んでいったのび太は、軒先の荷物や、のぼり旗なんかを次々と吹っ飛ばしながら飛び回った。

「のび太く〜ん、待ってよ〜」

後ろからドラえもんの声がする。

迫りくる電柱や看板、煙突などをすんでのところでかわしながら飛んでいくのび太は、開けた場所に向かってなんとか方向を変えることに成功した。

土手を越えると、そこにはのび太の家の近所を流れる多奈川が流れていた。

その川面スレスレを時に足が水につかりながら前に進む。

「だだだだだだだっ……、ぼく、カナヅチなんだよ〜！」

半ばパニックになりながら飛び続けるのび太は、鉄橋の下をくぐって、橋の上に飛び出たが、目の前に信じられないものが飛び込んできた。

鉄橋をその日の最終電車が通過しようとしていたのだ。

そしてのび太はその進路上にまっすぐ突き進んでいた。

「だめだぁあああ！　ぶつかるううう」

のび太が無我夢中で体をひねると、方向が少し変わった。

列車の窓に足をついて走るように受け流しながら、ギリギリ激突を避けることができた。

鉄橋の上空に舞い上がったのび太はようやくスピードを落とせたらしくふわふわと浮かんでいた。

「うまくなってきたじゃない」

やっとドラえもんが追いついてみると……のび太は白目をむいて気を失っていた。パジャマのズボンが半分脱げたままだ。

スピードが落ちたのは、タケコプターが自動安全運転に切り替わったからだった。


数分後、タケコプターのコントロールをなんとか覚えたのび太が、空中散歩を楽しんでいた。

「な～んだ、慣れれば簡単じゃないか！」

のび太は調子に乗りやすいたちのようだ。

ドラえもんは、タケコプターが幼稚園児でも簡単に操作できるように設計されていることは黙っていることにした。

そのとき、のび太が何かを見つけて、そっとある家のほうに舞い降りていった。

「しずかちゃんの家だ」

二階の窓、レースのカーテン越しに女の子の姿があった。

その子を遠まきに見つめているのび太にドラえもんが聞いた。

「……知り合い？」

「うん。クラスメイト。そうだ、しずかちゃんをびっくりさせてやろうっと」

そう言ってのび太はしずかの家に近づいていった。

「起きてるかな？」

そっと窓からのぞくと、しずかはすやすやと眠っている。

「寝ちゃってるね」

「残念……」

二人は、窓越しに見えるしずかの寝顔をしばし眺めていた。

「かわいいね、しずかちゃんて」

「そ、そうかな？　未来の君が見ても？」

「うん」

「へえ〜そうなんだ。ぼくもね、だっ、だ〜い……」

のび太はそこまで言ってふと顔を赤らめる。

「ヌフフ……」

うれしそうなのび太はもう一度、眠っているしずかの寝顔をうっとりとしながら眺めた。

幸せそうな顔だった。

その表情を見て、ドラえもんはある計画を思いついた。それはまさにのび太の人生を根底からひっくり返す、大計画だった。

「ええええええーーー!!!」

深夜だというのに、家中に響くような大声でのび太が叫んだ。

一階からのび太のママ、タマ子の怒った声が聞こえてきた。

のび太は手で口を覆い、今度は声をひそめてあらためて聞いた。

「それ本気で言ってるの?」

「うん」

それは思ってもみなかった提案だった。いや、のび太も本当は心の底では願っていたけれど、自分でもマジメに考えるにはあまりにも現実離れした願いだった。それをドラえもんはサラッと口にしたのだ。

「ぼぼぼぼ、ぼくとしずかちゃんが結婚？」

「うん。ぼくも早く未来に帰りたいし、のび太くんを幸せにするなら、それが一番いいかなと思うけど」

「そ……そんな、ぼ……ぼくなんかが……恥ずかし～」

もう、落ち着いて座ってはいられなかった。いても立ってもいられない気分になったのび太は、勉強机の椅子にもたれかかるともじもじし始めた。

「な……何も、そこまでしなくても。き、君だって困るだろ？」

「じゃ、やめる～？」

押し入れに腰かけてそう言うドラえもんに、のび太はあわてて駆け寄った。

「ぜひ、お願いします～！」

「うん」

「……でも、どうやって？」

上目づかいで困ったような顔をするのび太に、ドラえもんは余裕の微笑みで応えた。

4

そこからのドラえもんの活躍はすごかった。

翌朝いつものように遅刻しそうで、必死に走っているのび太をタケコプターで追ってきたドラえもんは、ポケットからピンク色の枠付きドアを取り出した。ドラえもんのお腹のポケットは不思議な構造になっているらしく、自分の体より大きなものもしまっておけるようだった。

「『どこでもドア』！」

「なんだいそれ？」

「さあさあさあ、まずは行きたいところを言って、ドアを開けてみてごらん」

そう言ってドラえもんはのび太の背中を押した。

「え、じゃあ学校へ！」

のび太がドアを開くと、そこはまさにのび太の学校の廊下に直接つながっていた。

「うほほほ〜！」

のび太は大喜びで廊下を走り、先に来て歩いていたスネ夫とジャイアンに追いついた。

「おっはよう〜！」

いきなりのび太に声をかけられたスネ夫とジャイアンはびっくり。

「おおおお……のび太のくせに早く来やがった」

「いひひひ……」

余裕しゃくしゃくののび太の視線の先に、その人はいた。

「あっしずかちゃん」

「あ、のび太さん、おはよう。今日は早いのね」

「う、うん」

あるとき、学校から帰ってきたのび太が暗い顔をしていた。

チャンスとばかりにドラえもんが聞いた。

「どうしたの、のび太くん」

「明日テストなんだ。でもぼく、勉強得意じゃないから憂鬱なんだ……そうだ、ドラえもん。勉強が猛烈にできるようになる道具ないの？」

ドラえもんはにっこりすると、ポケットから一見ただの食パンに見えるものを取り出した。

「『アンキパン』！　これを食べると書いてあることが覚えられるんだ」

パンを教科書におしあてると、パンに教科書のページがきれいに転写されていた。

「ほいっ、ほい！　どんどん食べて食べて」

のび太はドラえもんに従ってどんどんパンを口に運ぶ。


「わかる、わかる、わかる〜！」

翌日、のび太は今までとはまるで違う気分でテストを受けていた。

問題を見るとどんどん答えが出てくるのだ。

アンキパンの力だった。

勉強のできる子はこんなふうにテストを受けているのかと思うと、悔しいほどだった。こんな気分よく問題が解けるなら、自分だって勉強が大好きになるさと思いながら、のび太は解答欄を埋めていった。

しかし、これにはちょっとしたオチがあった。

「おれより、いい点取りやがって！」

のび太より点数が低かったジャイアンが、悔しさのあまり空き地でのび太を殴ったのだ。

「ドラえもん！　なんとかジャイアンを負かしたい～！」

頭に大きなたんこぶをつくって泣きながら家に帰ったのび太は、部屋でくつろいでいるドラえもんをつかまえると、早速訴えた。

ドラえもんはニコニコしてうなずくと、ポケットから道具を取り出した。

「『透明マント』！」

このマントを身につけると、体が透明になる未来の道具だ。

のび太の反撃開始である。

「かあちゃーん！　腹減った〜‼」

そう叫びながら自宅の前まで歩いてきたジャイアンの後ろに、透明になったのび太が走って追いついてきた。ちょこちょこと走りながらジャイアンを小突いたり、蹴ったりしている。

「いてっ！　誰だこら〜‼」

わからない誰かから小突かれたジャイアンは、見えない敵に向かってファイティングポーズを取るが、そこにのび太がいるなんて、わかるはずもない。

ついにのび太は、後ろから思いっきりジャイアンのおしりを蹴り上げた。

「べろべろばあ〜」

「ぎゃーー、オデキが〜‼」

ドラえもんはこのほかにも、ふしぎな道具をどんどん出していった。

「『ガッチリグローブ』！」

のび太がジャイアン率いるジャイアンズの野球の試合に無理やりかり出されたときだった。

「運動ができると、人気者になれるんじゃないかな」

よっぽどメンバーが足りないときに限ってのび太は出場を許されているのだが、その日ののび太は違った。

フライが飛んできた瞬間、のび太は手元のグローブのスイッチを入れた。

すると、ピピピピ……という電子音が鳴り、勝手にグローブがボールの飛んだ先へと動いていく。のび太がそれに引きずられるように走ると、ボールは吸い込まれるようにのび太のグローブに収まった。

「わあっ！　すごいわ」

脇の土管に座ったしずかとドラえもんが思わず拍手をする。

いつもは怖がって目をつぶったあげく、落としてしまうフライも軽々とキャッチするし、バッターボックスに立てば、見事なホームラン。最終的に試合はのび太の活躍でジャイアンズの圧勝に終わった。

そして、こんなこともあった。

調子に乗ったのび太が学校の教室を出る際に、花が生けられた花瓶に手が触れ、落として割ってしまった。

「うわあ……」

頭を抱えるのび太の様子を、不幸なことにスネ夫が見ていた。

「ぬぬ！　ハハ〜。見〜ちゃった、見〜ちゃった！　先生〜‼」

スネ夫は鬼の首を取ったように、先生に告げ口に行く。

半泣きののび太は思わず叫んだ。

「ドラえも〜ん！」

「『タイムふろしき』！」

突然ドラえもんが現れて、表がピンク地、裏が水色の地に時計の文様があしらわれた風呂敷を割れた花瓶の上にかけた。

「これで包むと昔に戻るよ。ウラで包むと未来に進むんだ」

ドラえもんが話している間に、ピンク色の風呂敷は光を帯び、文様の時計の針がチクタクと左回りに動き出した。

「へえ〜！」

のび太が驚いているうちに、スネ夫が先生を連れて帰ってきた。しかし……。

「うそはいかんよ、骨川くん」

「あれ〜⁉」

口をあんぐり開けたスネ夫が見たものは、棚の上に何事もなかったように置かれている花瓶だった。


ほかにも、イメージして絵に書いた服に替えられる「着せかえカメラ」、とんでもないスピードで物事をかたづけることができる「ハッスルねじ巻き」、通ると小さくなれる「ガリバートンネル」、地中に小部屋をつくって遊ぶことができる「アパートごっこの木」、雲の上に乗ることができる「雲かためガス」など、のび太は友人たちを巻きこんで、これらの道具で思いきり未来の子どもたちの生活を体験することができた。

そして、のび太の日常にも新たな楽しみや成功体験がもたらされていった。

5

しかし、よいことばかりが続くはずがない。

いつものようにご機嫌で登校したのび太は、しずかに話しかけた。

「しーずかちゃん！　おっはよう！」

「おはよう、のび太さん。最近調子がいいわね。ドラちゃんのおかげかしら？」

「そうなんだよね。なんだかなーんでもできちゃう気がするよ！」

のんきに話すのび太のランドセルは、ふたが開きっぱなしでぶらぶらしている。

「ウフフ……」

そのとき、遠くから声が聞こえてきた。

「しずかくーーん、ちょっといいかな？」

「はーい」

のび太が伸びをした隙に、しずかはそう返事をして風のように去っていった。

そして、のび太の視線の先では、しずかと聡明そうな男の子が楽しげに話している。

「……そうだった。うちのクラスにはあいつがいたんだ。スポーツ万能！　成績優秀！　そして、とってもいい人。出木杉があ！」

その日の午後、のび太はドラえもんに出木杉の存在について相談をした。

「つまり、未来の道具をどんなに使ったとしても、クラスメイトの出木杉くんにはかなわない……と。ふーん……」

ドラえもんは椅子に座り、畳でうなだれているのび太をむっとしながら眺めていたが、突然、顔を真っ赤にして机に飛び乗り、大きな声を張り上げた。

「バカにするな〜！　二十二世紀から来た猫型ロボットだぞ‼　できないことはない」

そして、机から飛び降りると、お腹のポケットに手を突っ込んで、いろんな道具を放り出し始めた。

「待ってろ！　しずかちゃんの気持ちがまちがいなくのび太くんのほうに向かう道具を今、出してやる！」

何か大きいものなのか、ポケットの入り口につっかえているような様子で、

「にゅっと、んぐぐぐ……」

大きな卵形の機械を取り出した。

「『刷りこみたまご』！」

「な……、何これ？」

びっくりして立ち上がったのび太に、卵形の機械ごしにドラえもんはドヤ顔で答えた。

「〝刷り込み〟って知ってる？」

「あ、う～ん」

キョトンとした顔でのび太がドラえもんを見ていた。

「あっ、知ってるわけないか」

ドラえもんはのび太が理解できるかなと心配しながら一応は説明することにした。

「ある種の動物、特に鳥類は卵から孵ったとき、最初に見たもののことを親として

覚え込んじゃうんだ。たとえそれが、オモチャの鳥だったとしてもね。この現象を〝刷り込み〟っていうんだよ。わかる？」

「ああ～、ああ～」

キョトンとした顔をしたままののび太がドラえもんを見ていた。

「も～、頭悪いなあ、君は」

ドラえもんはのび太に刷りこみたまごの仕組みを詳しく説明するのをあきらめると、その機能だけをかいつまんで紹介することにした。そして、機械のボタンを押してフタを開けた。

「簡単に言うと、しずかちゃんをここに入れるとするだろ？ フタがしまってタイマーが動き出す。十五分後、フタが開いたときに初めて見た人を好きで好きでたまらなくなる」

「じゃあそこにぼくがいたら？」

「のび太くんのことを好きで好きでたまらなくなっちゃう」

「なんだよ～、初めからそう言ってくれればいいのに！」

のび太は「へえ～こんな道具があったんだあ」とつぶやきながら、うれしそうに刷りこみたまごを抱えた。

「しずかちゃんよ、君はもう、ぼくのものだ」

急に元気を取り戻したのび太は、刷りこみたまごを抱え、どこかに行こうとしていた。

「フフフフ。自慢じゃないけど、この刷りこみたまごの強制力はすごいんだ。どんな人だって、絶対に逆らえないんだよ」

ドラえもんが得意げに話している横で、のび太は部屋から出ていこうとしてる。

「まあ、ぼくならこんなひきょうな道具は使わないけどね。ダ〜ハハハ……」

ドラえもんが話し終わったときには、すでにのび太の姿はなかった。

「はっ、しまった！　ちょっと待ってのび太く〜ん！」

のび太は刷りこみたまごを背負ってしずかを探していた。まずはここに入ってもらわないことには始まらないのだ。

「しずかちゃん、どこかなぁ」

下り坂の手前までやってきたところで、のび太は刷りこみたまごを一旦、下ろした。

「よいしょ……っと」

ふ～！　と、汗をぬぐって刷りこみたまごから目を離した瞬間、刷りこみたまごがころころと坂を転がり落ち始めた。

「ま、ま……待ってよ～!!」

のび太はあわてて追いかけるが、追いつかない。すると、坂の下にジャイアンが歩いているのが見えた。

「ジャイアン！　止めて！」

のび太の声に気がついたジャイアンは、振り向き、転がり落ちてくる大きなたまごに一発パンチを見舞う。

「い～っ、あちょ～！」

しかし、拳が当たったのは、偶然にも起動ボタンだった……。

その瞬間、たまごのフタが開き、落ちてきた勢いでジャイアンはたまごの中におさめられてしまったのだ。

「あ……あああ、ひゃ！　おい！　あいっ……」

たまごはジャイアンを中におさめたままどんどん転がり、坂の下の電柱にぶつかってやっと止まった。

「ジャイアン、だいじょうぶ？」

やっとのことで追いついたのび太は、刷りこみたまごをポンポンたたいて様子をうかがっていたが、ふと、たまごが起動していることに気づく。

「あっ、ジャイアンがたまごに入ったということは……」

のび太の頭の中は、ハートの目をしたジャイアンがくねくねしながらのび太に迫ってくる光景に満たされた。

「うああああ」

のび太はあわててその場をはなれた。

ほどなくして、そこにスネ夫がラジコンを走らせながらやってきた。

「いいぞ！　ゴーゴースネ夫号！」

スネ夫のラジコン、赤いスポーツカーが刷りこみたまごにぶつかる。

「あ？　なんだこれ」

そのとき、ポンという音とともに、たまごのフタが開き、中からぼーっとした表情のジャイアンが顔を出した。いつものジャイアンとは違い、なんだか純真無垢な面持ちで頬をピンクに染めている。

「おっ！　ハハッ、ジャイアン。こんなとこで何してんの？」

何も知らないスネ夫は、いつものように気楽に声をかける。

「ピヨ」

不思議な声を発して刷りこみたまごからジャイアンが出てきた。足元にあったスネ夫のラジコンには気がつかず、うっかり踏んでつぶしてしまっている。

「あ〜っ！　高かったんだぞ〜それ！」

泣き出すスネ夫に、「ピヨピヨ」と言いながらジャイアンが近寄る。そして、

「かっわいい〜!!」と言うと、体をくねくねさせ始めた。

しかし、ラジコンが壊れたことで頭がいっぱいのスネ夫はそんなことはお構いなしだ。

「あ、ぼく？　いや、そんなことはわかってるよ！」

そう言い放って、壊れたラジコンに駆け寄り、取れてしまったタイヤを手に取った。

「あ〜、買ったばかりなのに。もう、直らないよ〜」

その時、ラジコンの哀れな姿に嘆くスネ夫の背後から、目をハートにしたジャイアンが襲いかかった。

「スネ夫！　もう、おまえをはなさないぞ〜!!　いいだろ？」

「ぎゃあああああ。助けて〜！」

「なんで逃げるんだよ〜！」

ジャイアンを必死で振り切り逃げ出すスネ夫の様子を、透明マントを身につけたドラえもんとのび太がそっと見ていた。

「おそろしいほどの効きめだ」

「危なかった〜」

胸をなで下ろすのび太を見て、ドラえもんは透明マントを取りながら言った。

「のび太くん、やっぱりこの道具を使うの、やめない!?」

「えっ⁉　なんでだよう」

「さっきの見たろ。よくないってば」

そう言って、ドラえもんはのび太の透明マントの解除ボタンを押す。すると、駄々をこねるのび太の姿が現れた。

「ぼくだって、モテたいんだよう〜！」

とりあえず、のび太とドラえもんは刷りこみたまごを二人がかりで部屋に運び込んだ。

「ほんとにいいのかなあ」

「いいんだよ〜」

不安げなドラえもんをよそに、のび太はやる気満々だ。

「よし！　ここでしずかちゃんに入ってもらおう」

「でもどうやって？」

「ん？」

すかさずのび太はドラえもんに甘えた。

「それはドラえも〜ん、君が考えてよ。ね、お願い！」

「もう、何から何まで！」

しかし、とにかくこののび太を幸せにしないことには未来に帰れないのだ。

仕方なくドラえもんはしずかをこの部屋に誘い込む作戦を考え始めた。

6

そのころ、しずかと出木杉は仲良く並んで家路を急いでいた。

二人は図書館で勉強してきたのだ。

夕方になったので帰ることにしたしずかを出木杉が家まで送っていくところだった。

「じゃ、またね」

家の前で出木杉と別れ、玄関に向かったしずかは、地面に丸い穴がぽっかり開いたことに気づかず家に入っていこうとした。

「あああっ！　あ？」

見事に穴に落っこちたしずかは、そのまま四次元空間を通ってのび太の部屋の天井に開けられた穴から落下してきた。

玄関前の穴はなんと、のび太の部屋の天井につながっていたのだ。

しずかはそのままその下に置かれた刷りこみたまごの中に落っこちた。フタがパタンと閉まり、刷りこみたまごは活動を開始した。

たまごのそばでその様子を見ていたのび太が、小躍りしながら天井を指さす。

「やった！　ドラえもん！　あれは何？　なんの穴なの？」

「『ストレートホール』！　しずかちゃんの家の玄関前とつながってるんだ」

「ハハッ、すっごいね。これで十五分待てばいいんだね。楽しみだなぁ。あ、ドラえもんはどっか行ってて。しずかちゃんが出てきたとき、最初に君を見ると困るから」

「はいは～い。よっと……」

苦笑いしながらドラえもんは、タケコプターをつけて部屋から出ていった。

のび太はたまごの前でデレデレとした顔をしながら、しずかがたまごから出てくるのを待っていた。

あと十五分たてば、あとたった十五分たてばしずかはたまごから出てきてのび太を見る。すると刷り込み効果が発揮され、しずかはのび太に夢中になるのだ。

「早く十五分たたないかな～。しずかちゃんが出てきたら……」

しずかが夢中になってくれている様子を想像し、のび太は顔を真っ赤にしながらぐねぐねと体をよじらせた。

と、そのとき玄関からスネ夫の悲痛な声が聞こえてきた。

「おーい、のび太ぁあああ！」

「なんだよ、こんな大事なときに。もう」

のび太はしぶしぶ部屋から出ていった。

たまごのタイマーはあと十四分を指していた。


スネ夫が玄関先でわめいていた。

「お前のあのへんてこなたまご、ドラえもんのだろ⁉　おかげでひどい目にあってるんだぞ。なんとかしろ！」

確かに大変だろう。

しかしのび太は二階のしずか入り刷りこみたまごのことが気になって気になって、

それどころではなかった。

たまごが開いたとき、そこに自分がいなかったら大変なことになる。

「今忙しいから、あとで」

「ジャイアンがすぐそばまで来てるんだってば！」

外からジャイアンの声が聞こえてきた。

「スネちゃーん！　ど～こ行ったの？」

「ええっ！　……来たーっ！　どけ！」

スネ夫は震え上がって、のび太を押しのけ、のび太の家の中に隠れた。


同じころ、しずかの家に出木杉が戻ってきた。

「しずかくーん、一つ言い忘れたことが……」

そして出木杉もしずかと同じストレートホールからのび太の部屋に落下してきた。

たまごのフタは閉まっていたので出木杉はつるんと滑ってたまごの前に落ちた。

「いてててて、あれどうなってるんだ？」

出木杉は自分に起こった現象が不思議でならなかった。

確か自分はしずかの家の玄関先にあった穴に落っこちたはずだった。

「この部屋はしずかくんの家の地下室か？」

しかし、窓から見える景色はこの部屋が二階にあることを示していた。

「どういうことなんだ？　時空が混乱している！」

天井に開いた穴を見上げると、そこからはしずかの家を見上げることができた。

「これは……二つの空間がつながってるのか？」

出木杉は机に置かれたノートの表紙を見た。そこには「のび犬」と書かれていた。

「のび犬……これはのび太と書いてあるのか？　するとここは野比くんの部屋？」

突然自分の身に起こった怪現象について考察している出木杉の後ろで、刷りこみたまごのベルが十五分たったことを知らせる音を鳴らした。

たまごが開き、そこから大量の蒸気とともにしずかが現れた。

「しずか……くん？」

しずかは出木杉を見た。

「出木杉さん！」

そのころ、階下の玄関では……。

「早くドラえもん連れてこいって！」

「今はいないんだよう」

「どこ行ってんだよ！　早く……」

ふとのび太が目線を上げると、ドアの隙間からハートの目をしたジャイアンが顔をのぞかせていた。

「スネちゃん、見～っけ！」

「ひいいいっ!!」

「君こそ、ぼくのすべてなんだ！」

「助けて～！　ママ～!!」

ジャイアンに抱きしめられるスネ夫をその場に残して、のび太はドキドキしながら階段を上っていった。

もうそろそろ十五分たったころだ。

しずかがたまごから出てきているはずだ。

わくわくしながらドアを開くと、そこではしずかに抱きつかれた出木杉が困った顔で固まっていた。

「野比くん、どうなってるんだい？　これ」

「あああああっ!!」

そのとき、二階の窓にドラえもんが様子を見に戻ってきた。

「うあああ！」

出木杉にしっかりと抱きついたしずかが、うっとりとした目をしながら幸福そうにしている。

出木杉は決していやがっているわけではないが、多少困惑しているようだった。

そしてその前でのび太が涙目になっていた。

「どうしてくれるんだよ！　あれ」

「だからやめとけって言ったのに」

部屋に入ってきたドラえもんにのび太が泣きついている間も、しずかは出木杉に抱きついたままだ。

そのとき、出木杉が突然叫んだ。

「お願い！　なんとか元に戻して」

「えっ！」

その場にいたのび太、ドラえもん、しずかが同時に声を上げた。

そして、ドラえもんは解除ヘルメットを差し出した。

「これをかぶれば元に戻るけれど……」

その言葉を聞いてしずかが悲しい顔になる。

「ダメなの？　出木杉さん、わたしに好かれたら、めいわく？」

その言葉の一つ一つがのび太の心にぐさぐさと突き刺さった。

『やっぱりしずかちゃんは……』

もうこんな場所にいたくなかった。勝手に二人で幸せになればいいんだ。

のび太はここから逃げ出したかったが、なぜか足は根を生やしたようにこの場所から一歩も動こうとしなかった。

出木杉はしずかの目を見て真剣に言った。

「そうじゃないんだ。ぼくだってしずかくんのことは大好きだよ」

のび太のハートにさらに強烈なパンチが飛んできた。

出木杉がついに言ってしまった。しかもさらっと。

のび太は自分も大声で言いたかった。

『ぼくだってしずかちゃんのことが大、大、大好きなんだ』

もちろんこの状況で言えるはずがなかった。

さらに出木杉は重い重い破壊力のある言葉を放った。

「でもこんな機械に頼って君の心を動かすのはイヤなんだよ」

「出木杉さん！」

それはしずかのハートを見事にとらえながら、ついでに脇にいたのび太のハートをズタズタにえぐっていった。

かっこいい言葉だった。出木杉が言うからなおさらだった。

パーフェクトと言うしかない。

しずかがその言葉に猛烈に感動している後ろで、完全に脇役と化したのび太が必死に涙をこらえていた。

せめて泣くな。泣いたら心からみじめになる。

そう思ってがんばっているのび太だったが、我慢すればするほどギュッとつぶった目から涙がこぼれてきてしまうのだった。

しずかが解除ヘルメットをゆっくりと脱いだ。

その表情はさっきまでの情熱的な顔と違って、静かに落ち着いていた。

のび太はあらためてそんなしずかがきれいだなと思った。

出木杉が優しくしずかに尋ねた。

「元に戻った？」

「うん。でもね」

「うん」

「ますます出木杉さんのことが好きになったわ」

そう言ってしずかは真っ赤になった。

それを受けて出木杉も真っ赤になった。

そこには二人だけの世界があった。

手をつないでお互いを見つめ合いながら家に帰っていく二人を夕日が優しく照らしていた。

それはまるで映画の美しいラストシーンのようだった。

のび太とドラえもんはどうすることもできず、二人をただ見送るだけだった。

「さすがだなあ、出木杉くんは」

「やっぱり出木杉にはかないっこないよ」

しずかたちを見送るドラえもんの脇で、玄関前で小さく体育座りをしたのび太は、力なくつぶやいた。

「それにくらべてぼくは……はあ〜」

静かに立ち上がって家に入っていくのび太の背中を見つめながら、ドラえもんは何かを決意したような表情で、のび太のあとを追う。

「それにくらべてドジで、のろまで、勉強がきらいで……」

「うるさいよ」

のび太にそう言われても、ドラえもんは続けた。

「気が弱くて、なまけ者で、グズで！」

「しつこい！」

のび太はイライラしながら階段を上る。その後ろにくっついて、ドラえもんは悪口を言うのをやめない。

「運動もまるでダメ！　おくびょうで、うっかり者で、頼りなくて、めんどくさがり……」

のび太はドラえもんの目の前で部屋のドアをバタンと閉めて、ドアを背にして腰を下ろした。

すると、ドラえもんが「通りぬけフープ」を使って部屋に入ってきた。

「出木杉くんの足元にも及ばないほど、ダメなやつだね」

「うわ～！」

驚いたのび太は、突っかかりそうになりながら勉強机の椅子に飛び乗ってドラえもんのほうを向く。

「そこまで悪く言わなくてもいいだろ」

「君も道具を使ってもダメだって、わかったでしょ？　君自身が何かしないと……」

「何かねえ～。うん？」

のび太は引き出しからループ状にしたひもを取り出すとささっと操ってオリジナ

ルのあやとりを瞬時に完成させた。

「銀河！」

それは確かに見事なあやとり作品だった。

五本の指がそれぞれまったく違った方向に曲がりながら、繊細なひもの組み合わせを支えている。

暗い空間に銀色のひもで浮かび上がるその渦巻きのような形は、銀河と呼ぶにふさわしい迫力を秘めていた。

「おお～っ！」

ドラえもんは一応驚いてはみせるものの、「って、それじゃあねえ……」と、表情を曇らせる。

「どうせぼくなんか、何をやってもダメなんだよ」

のび太はがっくりして、あやとりのひもを丸めてぽいっと放った。

「どうせって言ってあきらめていたら、いつまでたっても今のままだよ。それでもいいの？」

のび太はその言葉を受けて、しばらく考え込んでいた。その姿をドラえもんは辛抱強く見守っていた。

その晩。

「おやすみ」

ドラえもんが押し入れに入ってからも、のび太は一人眠れず、布団の中でじっと何かを考え込んでいた。

天井を見つめるその表情は、それまでののび太とは少しだけ違って見えた。

7

翌朝。

押し入れのふすまの隙間から朝の光が差している。ドラえもんはまだ眠っていた。

「660かな？　合ってた！　120÷6は……ん〜？」

部屋から聞こえてくる声に気がついたドラえもんは、寝ぼけ眼でふすまを開けた。

そこには、のび太がパジャマのまま教科書を手に勉強している姿があった。

「ど、どうしたの、のび太くん⁉　こんな朝早くに勉強しちゃって」

「あっ、ドラえもん、起こしちゃった？　ごめん。いろいろ考えたんだけどさ、とりあえず次のテストで0点取らないようにがんばろうと思う」

「はぁ。アハッ、ウフフッ、フフッ……」

決意に満ちたのび太の顔を見て、ドラえもんの顔はパッと明るくなっていった。

のび太は猛然と勉強を始めた。

確かにドラえもんの言った通りだ。

『どうせ』という言葉に逃げ込んでいる限り、のび太の運命はセワシが教えてくれた通りになるだろう。

いや未来は変わりやすいらしい。

もしかすると、もっとみじめな未来が待っているのかもしれない。

あがかなきゃ何も変わらないんだ。

しずかちゃんとの結婚はドラえもんのくれた夢だ。

それは並大抵の努力ではたどり着けない遠い遠い夢だ。

そのことは今日イヤというほど思い知らされた。

だがあきらめた途端、それは夢ですらなくなってしまう。

未来を変えるんだ。未来をつかまえるんだ、なんとしても。

そう思いながらのび太は生まれて初めての勢いで勉強していた。

学校の帰り道、算数の教科書を開いて歩きながら暗算の練習をしていた。

「えっ、あれ？　のび太のくせに勉強してるぞ」

「のびちゃ～ん、えらいわねえ」

「イヒヒヒヒヒ」

空き地で遊んでいたジャイアンとスネ夫がのび太を見つけて茶化したが、のび太は二人には目もくれずに前を通り過ぎた。

「38！」

「120÷3は？」

「40！」

「13×5は？」

「65！」

のび太はドラえもんにかけ算の問題を出してもらいながらそれに次々と答えた。

学校から帰ってきてもちゃんと机の前に座ってその日に覚えたことを繰り返し練習した。さしあたっての目標を次の算数のテストにしてからののび太は、さらに机にしがみついている時間が長くなった。

食事中も教科書を手放さなくなり、思わず教科書のページを箸でめくってしまったときは、さすがにママにしかられた。

ドラえもんが差し出す暗記パンも断った。

『自分の力で暗記しないと力にならない』というのび太の言葉を聞いたときに、ドラえもんはのび太がはっきりと違う人間になったことを感じた。

テストの前日、のび太は勉強したまま机に突っ伏して眠っていた。

「のび太くん、明日のテスト、がんばってね。きっといい点取れるよ」

ドラえもんはのび太にそっと毛布をかけてあげるのだった。

翌日――。

先生がテスト用紙を配り始めた。

テストの日は必ず暗く沈んでいるのび太が、今日に限ってワクワクした顔をしているのを見つけたジャイアンとスネ夫が絡んできた。

「なんだよ、のび太。気持ち悪いなあ」

スネ夫の挑発にものび太は動じなかった。

「今回のぼくは、ちょ〜っと違うんだよな〜」

ジャイアンがすごむ。

「勝手にいい点数取ったら、許さないからな」

その言葉にのび太はにやけながら答えた。

「アハハハッ！　今から謝っておくよ。ごめんね〜」

その自信満々な態度に思わず「なんだと」と、声を上げてしまったジャイアンに先生が注意した。

「おい、そこ、うるさいぞ」

そうだ今日は準備を重ねてきた算数のテストの本番だ。ジャイアンたちとふざけている場合じゃない。

先生の「はい、始め！」の声とともに、のび太は期待を込めて配られたテスト用紙をひっくり返した。

問題を目で追ったのび太は強烈な違和感を感じた。

「ん？　そんな……なんで？」

ニコニコとテストを楽しみにしていたさっきまでののび太は、もうどこにもいなかった。

採点されたテスト用紙が返されていた。

「野比くん、0点！」

先生の前に、のび太が肩を落として立っていた。

「これで何度目だ」

「すみません」

「はぁ～、こんな成績じゃ、小学校も卒業できないぞ。先生は君の将来が本当に心配だ」

先生の声はのび太の耳を素通りしていった。そんなことはとっくにわかっていたのだ。

後ろでスネ夫とクスクス笑っていたジャイアンが、弱った獲物を徹底的に追いつめる獣のごとく叫んだ。

「あー、やっぱりのび太くんがいてくれると、おれさまもホッとするぜ～」

「何言ってんだ、剛田！　おまえだって十点じゃないか。大して変わらんぞ」

その言葉にクラス中がドッと沸いた。

しかし、そのときのび太の心の中では、先生が言ったダメ押しの言葉がずっと響いていた。

……キミノショウライガホントウニシンパイダ……

それはのび太の自分自身への思いでもあった。

8

「のび太くーーん」

帰り道をトボトボ歩くのび太の後ろに、タケコプターを装着したドラえもんが降下してきた。

のび太のここ数日の戦いぶりを見ていたドラえもんは今日のテストの結果発表が待ち遠しくてたまらなかったのだ。

今日こそ〝やればできる〟ということをのび太が初めて体感する記念すべき日になるはずだった。

その事実さえ体の感覚で認識できれば、のび太が成長していくのはそんなに難しいことじゃないはずだ。

「ウフッ、テストどうだった？」

「どうでもいいよ」

のび太が力なく答えた。

それをドラえもんはお芝居だと思った。

「またまた〜。あんな勉強したんだから、けっこういい点だったんでしょ？」

「言いたくない」

のび太は、のぞき込んでくるドラえもんの顔を手で後ろに払った。

「もう、テレちゃって〜」

のび太はドラえもんを置いてどんどん前に進んでいく。

「よ〜し！」

ドラえもんは、何か考えながらお腹の四次元ポケットに手を突っ込み、ピンクの小さなハンドバッグを取り出した。

「『とりよせバッグ』！　これでのび太くんのランドセルにある答案をとりよせちゃえ〜！　フフ」

ドラえもんは、そのバッグの中に手を入れてゴソゴソと答案を取り出した。

「ありゃ？」

そこには見間違えようのないはっきりした赤ペンで0点と書かれていた。

ドラえもんは凍りついた。

「漢字テスト？」

まさかまさか、あれほどの眠気やサボり癖と戦った勉強の日々はまったく意味がなかったというのか？

「のび太くんが勉強したのって、算数だよね？」

前を歩いていたのび太が、突然がくんとその場に崩れ落ちて手をついた。と同時に、フタが開いていたランドセルから、中身がこぼれ落ちた。

「うわ〜ん！　もうイヤだ〜！　つくづく自分がイヤになった〜！」

「のび太くん……」

「もう、ほっといて」

さすがのドラえもんにも、この状況ののび太を励ます言葉は見つからなかった。

のび太はまっすぐ家に帰る気になれなくて、いつもの通学路をそれて歩いていった。その先には多奈川の河川敷がある。

土手の草むらに座ると、のび太は日ざしを反射してキラキラ光る午後の川の流れを眺めた。

先生の声がリフレインする。

「君の将来が本当に心配だ」

本当にその通りだ。自分で自分が一番心配だ。

そしてこんな人生にしずかちゃんを巻き込んでしまったらと思うと、のび太はいても立ってもいられなくなった。日差しが傾くにつれて川面で反射する光がのび太の顔を照らし始めた。

そのまぶしい光の中で立ち上がったのび太は決意を固めていた。

「よし、決めた！」

そのとき、土手の道をバイオリンの稽古に通うしずかが偶然通りかかった。

「あら？　のび太さん、何してるの？」

「あっ、あっ……」

突然しずかに声をかけられたのび太は、あわてて土手を上り、しずかのほうを振り向きもせず逃げるようにして走り去った。

「ヘンな人……」

キョトンとした顔のしずかがその場に残された。

そのあと、家では、晩ごはんの準備のため買い物に行こうとするママをのび太が追いかけていた。

「ママ！　お願いがあるんだ！」

「何も買いませんよ！」

「そんなことじゃないよ！」

少し躊躇したのび太だったが、思い切って言ってみた。

「あのさあ、引っ越さない？　どこか遠くに」

のび太にとってはかなりの決心を必要とする一言だったのだが、ママはほとんど意に介さない様子で返した。

「な〜に言ってるの？　どうして引っ越さなきゃならないのよ？」

その反応で、のび太は引っ越し案を頭の中の「絶望」と書かれた箱にしまった。

「ダメなら、ぼくだけ留学させて！　たとえばアメリカとか」

ママが手を止めた。この案には乗ってくれたのかなと思った瞬間、ママの雷が落ちた。

「あんまりくだらないことばっかり言ってると怒りますよ！」

『怒りますよ、って、もう怒ってるじゃん』と思いながら、のび太はあわてて二階に上っていった。

もちろん留学案も「絶望」箱行きだ。

「こうなったら、自分の意志の力だけでなんとかしなきゃ」

のび太はこの計画を自力だけでやり遂げなければならない現状を理解した。

そしてさしあたってやることは？　と部屋を見回し、本棚に目を留めた。

部屋で待っていたドラえもんがのび太に駆け寄った。

「のび太くん、君はよくがんばったよ。失敗がなんだっていうんだ！　人にできて、君だけにできないなんて、あるもんか！」

「あった」

ドラえもんには目もくれずに、本棚から何冊かの本を探して引っ張り出している
のび太にドラえもんが聞いた。

「人の話、聞いてる？」

「うわあ！」

ドラえもんの声など耳に入ってこない様子ののび太は、ぎゅうぎゅうの棚から力任せに本を引っ張った勢いで、後ろに倒れ込んでしりもちをついた。

「いった〜」

その瞬間、ドラえもんに正直に話そうと心を決めた。

「もういいんだ」

「えっ？」

「もういいんだよ。しずかちゃんとの結婚はあきらめるよ」

「えっ、なんで？　きらいになったの？」

「とんでもない！　好き！　好き！　大好き！」

のび太は少し涙声になりながら続けた。

「あの子がいるから、ぼくは生きていけるんだよ」

「だったら、どうしてそんな……」

「さんざん考えたんだ。ぼくのお嫁さんになると、しずかちゃんは一生苦労することに……」

のび太は、眼鏡を持ち上げて涙をぬぐった。

「ぼくは今まで自分のことばかり考えてきた。でも……」

これ以上、涙がこぼれないように上を見る。

「でも、本当にしずかちゃんのこと好きなら、ぼくがいないほうがいいんだ」

「……」

畳の上に散らばった本を風呂敷でまとめながら、のび太は続けた。

「しずかちゃんとはなれるのはつらいよ。でも、ぼくのせいでしずかちゃんが不幸になるのはもっとつらいんだ」

「……のび太くん」

ドラえもんはのび太の名前をつぶやくことしかできなかった。

9

数分後、のび太は風呂敷包みに包んだ本を持ってしずかの家の玄関にいた。

しずかの父親が出てきた。

「しずかーーっ、のび太くんだよ」

「今、おふろなの～」

家の奥で、しずかの声が聞こえた。

「いえ、いいんです！　借りていた本を返しに来ただけなんで」

目に涙があふれそうだった。そして一気にまくしたてた。

「ぼくは、しずかちゃんの幸せをず～っと願ってますから！」

「あ、ああ」

本当はひと目しずかに会っておきたかった。

もしかしたらこれがしずかと一対一で向かい合える最後のチャンスになるかもしれないのだ。

しかしそんなことをしたら、このやっと築き上げたのび太の決心は軽々と崩れ去ってしまうだろう。それは避けたかった。

「さようならって、しずかちゃんに伝えてください！」

なんとかその一言だけを言うと、のび太は一礼して逃げるようにその場を立ち去った。

「のび太……さん？」

湯船につかりながら父親とのび太とのやりとりを聞いていたしずかは、心に何かいやなざわざわしたものを感じていた。

のび太はできるだけ早くしずかの家からはなれたかったので、しばらくは走っていたがようやく気持ちが落ち着くのにあわせてとぼとぼと歩き始めた。

ちゃんとやるべきことをやったはずなのに、のび太は一歩一歩が重かった。

「これでいいんだ、これで……」

何度も何度もそう言い聞かせてみたが、自分自身の心がなかなか納得してくれなかった。

しずかの笑顔が何度も何度も浮かんでくる。それを必死にかき消しながらのび太は家路を急いだ。

そのとき、遠くから声が聞こえた。間違えようのないしずかの声だ。

「のび太さーん！」

のび太は一瞬それが自分のつくり出した幻聴かと思った。

しずかのことを振り払おうとする気持ちが強すぎて、そんな幻の声を聞いてしまったのだと。

しかし、それはどんどん大きくなりながら近づいてくる。

「のび太さーん、待ってぇええ」

なんということだ。あれほどの決意で会わずにいようと決心したのに、しずかが追いかけてきてしまったのだ。

のび太はそれでもなんとか無視して歩き続けた。

だがそんな抵抗は、しずかの前ではまったくの無意味だった。

「どうしたの？　のび太さん、何か怒ってる？」

「聞かないで！」

のび太は拳をギュッと握って、いっそう早く歩き出した。

「ぼくらはもう、会わないほうがいいんだ」

「ますます気になるわ」

ダメだ。しずかはこんなことではめげない。

しずかは強引にのび太の前に割り込み、通せんぼするような格好でキッパリとした目で問いただした。

「言うまで、はなれないから！」

少しでも答えたら、なぜのび太がしずかを避けているのか？　それを徹底的に追及してくるだろう。

それはいやだった。

ドラえもんの力で将来しずかと結婚しようとしていたことなんて絶対知られたくなかったし、しずか本人のためにその計画をあきらめようとしていることなんてもっと知られたくなかった。

『あ～っ！　どうしたらいいんだ～！　もっときらわれなきゃ』

のび太は最終手段に出ることにした。

これさえやり遂げればしずかはのび太のことが心底きらいになるだろう。

そして時間がたつにつれてのび太という友だちがいたことも忘れてしまうだろう。

『それが一番いいんだー』

のび太は、しずかの前へ一歩出ると、しずかのスカートを勢いよくめくった。

「わっ！」

しずかは、あまりに突然ののび太の行動にわけがわからなくなった。

スカートがめくられた……のび太に……その事実をはっきりと認識した瞬間、しずかは反射的にのび太の頬に平手打ちをしていた。

「キャア！　のび太さんのエッチ！」

パンッという小気味よい音が鳴り響き、「キライ！」という言葉とともに、しずかは目に涙をためながら走り去っていった。

平手打ちを食らうとき、思わず目をつぶったのび太が恐る恐る目を開けると、坂道を駆け下りていくしずかの後ろ姿が見えた。泣いているような背中だった。

その悲しい風景をのび太はひりひりと痛む頬をさすりながら眺めていた。

「さようなら。しずかちゃん」

それはのび太にとって、成長の階段を一つ上ったような、甘く切ない痛みを伴う体験だった。

「これはかなり本気だ……」

一部始終をタケコプターで空から見ていたドラえもんは、事の重大さをしみじみとかみしめていた。

しずかは、やるせない怒りと恥ずかしさにどうしようもなく歩調が荒くなってしまう。

なぜのび太があんなことをしたのかわからない。

しずかはずんずんと歩きながら思わず声に出して言ってしまった。

「信じられない。のび太さんなんてもう知らない!!」

しかし、少し落ち着いてくると、今度はしずかの頭にたくさんの疑問が浮かび上がってきた。

そもそものび太は堂々とスカートめくりをするようながさつな人間ではないはずだ。しかもあの場所で突然なんの脈絡もなく。

ではなぜさっきはあんなことを?

本を返しに来たときののび太の反応も変だったようだし、追いかけて話しかけても頑なに無視していた様子にも違和感しかない。

いったいのび太はどうしてしまったのだろう?

そのときしずかはスカートめくりをしたときののび太の顔を思い出した。

ギュッと目をつぶって、苦しそうにスカートをめくったのび太。

あれは決して邪な気持ちではなかったように思えた。

そう考えながら歩いていると、しずかが公園を通りかかったとき、ジャイアンとスネ夫が話しているのが聞こえてきた。

「のび太のやつ、今回の0点はかなりこたえたみたいだな」

「そりゃそうでしょ。先生に小学校を卒業できないなんて言われたら、ぼくちゃんだったら、死にたくなるね！　ハハハハハ」

その会話の中にのび太の不可思議な行動の理由があるように思えた。

「まさか……」

「さようならって、しずかちゃんに伝えてください！」と言うのび太の声をしずかは思い出した。そして、しずかの心の中に暗い不安の雲が渦巻き始めた。

10

そのあと、のび太は一人道ばたで、じっと街を眺めていた。

「これでいいんだ。でもつらいなあ……」

がっくり肩を落としてつぶやいたとき、その場を出木杉が通りかかった。

「あっ、野比くんじゃないか。どうしたの？」

その声に振り向いたのび太は、思いっきりがんばって笑顔をつくると、出木杉のそばにやってきて、手を握った。

「出木杉くん！　君はいいヤツだ！　しずかちゃんのこと、頼んだぞ！」

出木杉は戸惑いを隠しきれない様子だったが、のび太は一方的にまくしたてると、その場を去っていった。

のび太は部屋で机に突っ伏していた。

「もういいですかね」とでも言いたそうに一筋の涙が頬を伝って流れていった。

『しずかちゃんの前で涙をこぼさずにいられて本当によかった』

のび太は心からそう思った。

あのとき泣いてしまったら、勘のよいしずかに何か悟られてしまうかもしれなかった。

『よくやった、のび太』と自分を褒めていたら、今まで我慢していたことへの反動のように涙が次々とこぼれ落ち始めた。

その様子をドラえもんが押し入れから見ていた。

「うーん……」

ドラえもんは、押し入れから出てきて、のび太に声をかけた。

「のび太くん、ドラやき食べる？　ここのは最高においしいんだ！」

「いらないよ！　今はそんな気分じゃない」

のび太はそう言って、ドラえもんから顔をそむけた。

「ひと口、食べてみなよ」

ドラえもんもめげずにのび太の口元にドラやきを近づける。

「ドラえもんじゃないんだから!」

のび太は強い調子でドラやきを手で押しのけて、ドラえもんのほうを見た。

ドラえもんも負けてはいない。

「とにかく、食べてごらん!」

「しつこいな! いらないって言ってるだろ!」

「ぼくがドラやきをあげるなんて、めったにないんだぞ!」

ついにケンカになってしまった。


そのとき、家の外からしずかの声が聞こえてきた。

「のび太さーん、いるんでしょ? 出てきて!」

「しずかちゃんだ!」

『なんで?』のび太はわけがわからなかった。

やっとの思いでスカートめくりまでして振り切ってきたはずのしずか。

絶対的にきらわれたはずのしずかがなんで家にまで来るんだ?

「わ～、まずい～！　ドラえもん、どうしよう？」

のび太はジタバタしながらドラえもんに助けを求めた。

「早く、しずかちゃんにきらわれなきゃ！」

「またそんなこと言って！　君がしずかちゃんにきらわれたら、ぼくも困るんだよ！」

「いいからなんとかして～！」

「うーん、どうしてもきらわれたいなら……」

「早く！　早く！」

のび太に急かされて、ドラえもんはしぶしぶ四次元ポケットから電球のような形の瓶を取り出した。

「『虫スカン』！　これを飲むと確実にきらわれる。でもしずかちゃんだけじゃなくて、誰も寄りつかなくなるよ」

追い打ちをかけるようにママが一階から呼び始めた。

「のびちゃーん、しずかさんが来てるわよ」

焦ったのび太は、受け取った瓶についているストローで、中身を全部一気に吸い込んだ。

「……っておい、ひと口だけでいいのに！」

「ええーっ！」

その直後、のび太の体から奇妙なもやもやが放射され始めた。

「ん？　なんともないじゃないか」

のび太は気づいていないようだったが、ドラえもんの顔が青ざめだした。

何かとんでもない汚物を見るかのような顔でのび太を見ている。

「あれ？　どうしたの？　ドラえもん」

「ぐぐっ、ぐぐっ、うぐぐっ……ダ、ダメだ」

一度言葉にしてしまうと、たがが外れたように強烈な嫌悪感がドラえもんを襲った。

なんとかがんばって踏みとどまっているドラえもんだったが、その我慢が限界に達するのも時間の問題だった。

何しろのび太は一粒でも強力な虫スカンをひと瓶丸ごと飲んでしまったのだから……。

のび太の発する不快なもやもやが一階に到達した。

ぞぞぞと正体不明の寒気が居間にいたママを襲う。

「何、いや、これなんなの?!」

二階のドラえもんにもついに限界がやってきた。

「そ、そばにいるだけで、ムカムカする～ごめん！」

ついに、ドラえもんは耐えきれなくなって、部屋を飛び出した。

玄関ホールもすでに不快な何かが充満していた。

ママも悪寒に震えながら居間から飛び出してきた。

「うえ～、うえ～」

玄関ではしずかが不思議そうにそんな二人を見ていた。

そのとき、不快な気体が突風のように一気にしずかに吹きつけた。

「きゃあ」

しずかに強烈な不快感が襲いかかった。

悪寒や吐き気、名前のつけられないなんともいやな気持ち。

そういうものがひとかたまりになってしずかを翻弄した。たまらずしずかがそこから逃げ出そうとした瞬間、細い細いのび太の声がわずかに聞こえてきた。

「の、飲みすぎて……気持ち悪い。助けて〜！」

逃げ出そうとしていたしずかの足がガシッととどまった。

吐き気まで伴った強烈な不快感の中で、しずかの強い目がきらりと光を取り戻した。吹きつける不快感に押し流されそうになりながら、しずかは猛吹雪の中で遭難者を救いにいくかのように一歩一歩踏みしめ二階へと進んだ。

二階に上がると部屋の前でのび太が倒れていた。

「のび太さん！　のび太さん！」

「もうダメ……死にそう」

しずかは、こみ上げてくる気持ち悪さに必死に堪えながら、のび太に手を伸ばした。

「し……しずかちゃん」

「わたしにつかまって」

しずかはぐったりしたのび太に肩を貸すと、一階のトイレまで運んでいった。

「吐いちゃえば楽になるわ」

のび太は最後の力を振り絞ると虫スカンを吐き始めた。


ようやく落ち着いたのび太としずかは並んで廊下に座り込んでいた。

さっきまで蒼白になっていたのび太の顔はいくぶん赤みを取り戻している。

「はあ、助かったよ」

「ああ、びっくりした。毒を飲んだのかと思ったわ」

「そんなに心配してくれたの？　ぼくのこと」

「当たり前でしょ！　お友だちなんだから！　だいたいあなた、意気地なしよ！　先生にしかられたくらいで！」

そう言ったしずかの目から急に涙が次々とあふれ始めた。

ようやく安心して気が緩んだのだ。

「のび太さんのバカ！　バカ！　バカ！」

泣きながらしずかはのび太をポカポカとたたいた。

しずかのポカポカ攻撃はなかなかやまなかったが、その痛みの一つ一つがのび太の心をあたたかくしていった。


のび太とドラえもんは物干し台から屋根に登ると二人で寝転んで空を眺めていた。

昼間にはそこここにあった雲が消えて、夜の空にはたくさんの星が輝いていた。

「しずかちゃんに怒られちゃったよ、えへ」

のび太はそう言って、思いっきり体を伸ばした。

「今夜は星がきれいだねえ」

星空を眺めるそのうれしそうな顔を見て、ドラえもんも少し幸せな気持ちになった。

「しずかちゃんにきらわれるのはまた今度にするよ」

「そのほうがいいかもね」

愚直なまでに他人の幸せを考えて暴走してしまったのび太のことを、ドラえもんはいいやつだなと思っていた。

ただのだらしないなまけ者で、勉強ぎらいの運動音痴。そんな少年だと思っていたのび太の思いがけない面を最近いくつか見せられたドラえもんは、知らないうちにその評価を少しずつ変化させていた。

今日の出来事はのび太にとってどんな意味があったのだろうか？

そう思ったドラえもんは星空に夢中になっているのび太に見つからないように「タイムテレビ」を取り出してみた。

そこにはめまぐるしく変化する映像が映っていた。

さまざまな可能性がお互いに主張しあって映ろうとしているようだった。ドラえもんはうれしくなって、思わずのび太のほうを見た。

「んん、ん〜」

「何？　どうしたのさ？」

「実は、今回のできごとで、君の未来が……。あ〜、やっぱりやめた」

「何なに、なんの話？」

「教えな～い。知っちゃうと君がサボるでしょ？」

「え～教えてよ！　ちょっとだけでいいからさあ」

「グフッ、グフフ～フッ、グフフッ」

「やい、言え～！」

「どうしよっかな～」

「言えってば！」

急に意地悪な気持ちになって焦らすドラえもんと、それに必死に食い下がるのび太が屋根の上でじゃれ合っている。その拍子に二人は屋根から落ちそうになった。

「わ～っ！」

その姿は仲の良い友だち同士そのものだった。

「ここであばれちゃ、危険だ」

「そうだね」

屋根の縁から軒下を見つめながら、ドラえもんはそう言って体勢を整え直し、屋根の上のほうに戻る。

「せっかく未来がいい方向になってきたのに」

「えっ、何？　何？　いい方向って？」

あわてて体勢を戻しドラえもんのそばに乗り出してきたのび太を、ドラえもんはニヤリとして見つめた。

「見ちゃう〜？」

「見ちゃう、見ちゃう〜！」

「エヘ！　どこいったかな〜。え〜と、え〜と、え〜と」

ドラえもんは焦らすようにわざと四次元ポケットの中をさがすフリをした。

「あった！　これが現時点での君の未来！」

そう言って取り出した「タイムテレビ」のモニターには、険しい顔をした若い女性が膝にのせた小さな男の子のおしりをたたいている様子だった。

「ん〜？」

のび太はぐっと顔を近づけてモニターを見つめる。

「これが大人のしずかちゃん。そして、おしりをたたかれている男の子は君にそっくりだ。つまり？」

「はっ！」

のび太は少し後ずさりして、口元を手で押さえた。

「ぼくの……、お嫁さんは……、しずかちゃん⁉」

のび太は屋根の頂上に駆け上がると、ガッツポーズを取りながら近所迷惑にならないようにささやき声で叫んだ。

「わぁ〜、ワハハ、バンザーイ！　バンザイ！　バンザーイ！」

そしてのび太は興奮のあまりドラえもんのほうを向いて言った。

「ありがとう！　ありがとうドラえもん！　君が来てくれたおかげだ！」

「それは違うよ、のび太くん。それこそ、星のようにある可能性から、君がきっかけをつかんだんだよ」

「ぼくの未来が変わるなんて」

「新しい君の未来」

「うん、ぼくの新しい未来」

「君の人を思いやる気持ちが未来を変えようとしているんだ」

「わぁ」

二人が見上げる空には、天の河がきらきらと輝いていた。

11

ガーーーーン！

「ああっ、あああ……」

昨夜の出来事がまったくもってむなしくなってしまう光景が、翌日のび太の目の前で繰り広げられていた。

空き地でしずかと出木杉が熱いまなざしを交わしながら向き合っていた。

「ぼくと……結婚してください」

しずかが真っ赤になりながらも、出木杉の手を取ってはっきりと答えた。

「はい。喜んで」

のび太は偶然目撃してしまったその光景に取り乱すあまり、涙目になりながら幼稚園児のようないちゃもんをつけ始めた。

「あれ〜っ！　プロポーズなんかしちゃって！　やらし〜！　やらし〜い！　ハァ、ハァ……」

突然乱入してきたのび太にしばらくキョトンとしていたしずかと出木杉だったが、何を言っているのかを理解すると、二人で笑い転げた。

「いやーね。のび太さん。これシンデレラの練習よ」

「今度の学芸会で、やるでしょ？」

「え？」

とりあえず、のび太の心配した最悪のことにはならなかったが、この事件をきっかけに、のび太の心にはまたもや巨大な不安が渦巻き始めた。

そして、「そんなこと心配ないよ」と言ってほしくて、ドラえもんにまとわりついていた。

「やっぱりダメなんだ〜！」

「あ〜、確かにぼくも不思議に思ったよ。どうしてしずかちゃんみたいないい子が、のび太くんなんかと……。もう少しマシな相手がいっぱいいるのに」

ドラえもんの答えに期待を裏切られたのび太は、ますますネガティブな気持ちになっていった。

「言いすぎだ！　せっかく未来がいい方向になってきたのに……あ〜！　このままじゃしずかちゃんのお婿さんは出木杉になっちゃうかもしれない〜」

「そんなに心配なら、タイムテレビで見てみる？」

ドラえもんがタイムテレビを取り出した。

「今のところ十四年後の十月二十五日に君たちは婚約したことになっている。だからその少し前を見てみよう」

「本当に見るの？」

のび太は不安そうにタイムテレビをのぞき込んだ。

タイムテレビに映し出された青年のび太は、公園らしき場所で鼻水を垂らしながらくしゃみをしている。どうやら風邪ぎみのようだ。

「これがのび太青年」

「やっぱり、パッとしない……」

モニターの中では、青年のび太が誰かに向かって話し始めていた。

「登山……登山ねぇ」

「行くの？　行かないの？」

相手は成長したしずかだった。

「しずかちゃんだ！」

どうやらしずかは、のび太を登山に誘うために、この公園に呼び出したようだった。

しかし、青年のび太はあまり乗り気ではないようだ。

「いやあ、行きたいんだけどね。坂道に弱くて……平らな山ならいいんだけど」

その様子をタイムテレビで見ながら、のび太とドラえもんはすっかりあきれていた。

「平らな山って……」

「ちっとも進歩していない」

「自分のことながら、情けない」

なかなか煮え切らないのび太の態度に、しずかもあきらめたようだ。

「いいわよもう！　ほかのお友だちと行くから。ふん！」

「あ〜！」

　のび太に背を向けて怒ったように去っていくしずかを、オロオロするばかりで止められない青年のび太を見ながら、のび太が悲鳴を上げた。

「見ていられないや。先に送って」

　ドラえもんがタイムテレビを早送りする。

「あれ⁉」

　画面には、荒れくるう吹雪の中でさまよっているしずかの姿が映った。

「しずかちゃん、一人だ」

「吹雪で友だちとはぐれたんだ！」

「大ピンチだよ！」

「うん、マズいね」

「未来のぼくは何やってんだ？」

　ドラえもんがあわてて未来ののび太にダイヤルをあわせた。

　青年のび太は、真っ赤な顔でベッドで寝ていた。

「……風邪で寝込んでました……」

「あ～、やだもう」

「君だけどねー」

「我ながら情けない」

あまりの青年のび太のふがいなさを見せつけられたのび太は、頭を抱えた。しかし、ふと、何かを思いつく。

「待てよ、そうか」

そうつぶやいて、隣にいるドラえもんをバシバシたたき始めた。

「これで謎が解けた！」

「イタタタタタ」

「タイムふろしきを貸して！」

「いいけど……何を始める気？」

ドラえもんは怪訝な顔をして四次元ポケットからタイムふろしきを出した。

「こっち側でかぶると時間が進むんでしょ？」

そう言って、のび太はタイムふろしきの水色の面を表にして、それをかぶる。

　すると、ふろしきは光を発して、時計の模様がぐるぐると回り始めた。

「ん～」

　ふろしきの中からは、パッパッの子ども服を着た青年姿ののび太が現れた。

「十四年たった！　これからこの姿でタイムマシンに乗って、しずかちゃんを助けに行くとするだろ？『しずかちゃん大丈夫かい？』、すると、しずかちゃんは『のび太さん、頼もしいわ～！』な～んてなって、結婚するんだよぉ～ホホホホホホ」

　のび太は自分で想像したこれからの展開を思い描いてウキウキし始めた。

「そんなにうまくいくのかな～？」

「ちょっと待ってて。準備してくるよ。何しろ雪山で遭難しているんだからね。いろいろ持っていかなくっちゃ」

　のび太はタイムふろしきをポケットに突っ込むと、一階に下りていった。

　のび太は、父親ののび助のコートを拝借すると、さまざまなものを詰め込んだ鞄を肩からかけて部屋に戻ってきた。

「準備オッケー。さあ、早く未来に行こう。さあさあ！　さあさあ！」

　机の引き出しを開けて、ドラえもんを追い立てる。

引き出しの中には四次元空間が広がっていた。

しぶしぶ引き出しの中に足をつっこんだドラえもんは、「ちょっと待って！」と言って、後ろにいるのび太のほうに向き直った。

「いいか？　簡単に考えてるけどね、タイムマシンを使うと、また未来が変わるってことだよ」

「えっ⁉」

「それはいつもいい方向ばかりとは限らないんだ！」

「大げさだなあ、ドラえもんは」

のび太はニコニコして、無理やりドラえもんを引き出しの中に押し込んだ。

「早く助けに行かなきゃ」

事の重大さを理解しているのかいないのか、のび太は温泉にでも入るようなワクワク顔で、タイムマシンの待ち構える四次元空間に頭から飛び込んでいった。

四次元空間には、タイムマシンが鎮座していた。ドラえもんは運転席に座っている。

「いって～！」

のび太は着地に失敗して頭をぶつけ、痛いところをさすりながら立ち上がった。

「ここから落ちたら時空の溝を永遠にさまようことになるから、しっかりつかまって！」

その言葉にのび太はタイムマシンにしがみつくと、うなずいた。

「それじゃ行くよ！」

ドラえもんが航行スイッチを押すと、四次元のタイムトンネルに浮かぶさまざまな物体がきれいに整列した。そしてはるか彼方に続く一本のトンネルが完成した。

この中を進めば、過去に行ったり未来に行ったり自由自在なのだ。

ドラえもんが足元のアクセルを踏み込んだ。

タイムマシンは徐々にスピードを上げながら、タイムトンネルの中を進み始めた。

「わあっわわあああああ」

のび太の絶叫をあとに残して、タイムマシンは十四年後の世界を目指して猛スピードで飛んでいった。

12

未来の公園のトイレから、のび太とドラえもんが出てきた。

「ぼくん家、トイレになっちゃった」

「十四年後のこのへんは公園になっているんだね」

「すっかり変わっちゃったねえ」

二人は激変した近所の風景を興味深く眺めていた。葉を黄色く染めたイチョウの木がところどころに植えられている。

「さあ、行かなきゃ。ねえ、あれ出してあれ、どこでもドア」

「人使いが荒いなぁ、まったく」

ドラえもんはブツブツ言いながら、どこでもドアを取り出した。

のび太がどこでもドアに叫ぶ。

「しずかちゃんのいるところへつながれ〜！」

どこでもドアを開くと、その先は吹雪の山の中につながっていた。

目をこらすと、遠くにさまよっているしずかの姿が見えた。

「見〜つけた！」

のび太はドアに飛び込み一歩進むと、一瞬ドラえもんに向き直って釘を刺す。

「ここから先、絶対に君は手出ししないでくれ。ぼくだけの力で助けるんだから」

それだけ言うと、のび太は吹雪の中を駆けていった。

「しずかちゃあああーん！」

やれやれとばかりにどこでもドアの扉を閉めると、ドラえもんはつぶやいた。

「まあ、がんばって」

初冬だというのに、ポカポカとした陽気が公園をやわらかく暖めていた。

やることもなく公園のベンチに座っているうちに、ドラえもんはウトウトと居眠りを始めた。

どこでもドアをあとにして、雪の中をのび太がしずかに向かって走り始めた。

その後ろで吹きつける吹雪が、ゆっくりとどこでもドアを埋め始めていたが、のび太はそんなことにはまったく気づいていなかった。

「コホッ、コホッ」

しずかは吹雪の中、なんとか友人たちのところに戻る手がかりをつかもうと必死に歩いていた。

激しい吹雪で視界が真っ白になって、友人たちとはぐれてしまってから、すでに三時間ほど過ぎてしまっている。

少し前から咳も出ていた。

普段冷静なしずかも少し焦っていた。

そんなとき、遠くから思いがけない声が聞こえてきた。

「しずかちゃ〜〜ん！」

「のび太さん？」

しずかは一瞬を後ろを振り向いたが、そのとき、のび太は木から落ちてきた雪に埋まり、姿が見えなくなっていた。

「まさかね」

しずかは頭を振って、否定した。が、すぐにその〝まさか〟が姿を現した。

雪山仕様とはとても思えない薄手のコートとスニーカーの青年のび太が、手を振りながら近づいてくるのだ。

「しずかちゃーん、だいじょうぶか〜い！　ぼくだよ、のび太だよ」

「えっ？」

しずかは自分の目を疑ったが、それは紛れもない青年のび太そのものだった。

「フフ〜ン」

「のび太さん、どういうこと？」

「フフッ、なんでもいいじゃない」

「そんな格好で？」

いぶかしがるしずかには答えず、のび太は用意してきた自分のセリフをべらべらとしゃべり始めた。

「ぼくが来たからには、もう大丈夫。まず雪で迷ったら、でたらめに歩いちゃいけない。必ず地図で確かめる。これ常識、うんうん」

調子よくそう言って取り出した地図を見て、のび太は絶句した。

「あれ？」

「ウフッ……それ世界地図ね」

のび太は悲しそうにしずかを見ると、小さくうなずいた。

「のび太さんらしいわ。このオートコンパスが方向を教えてくれるから大丈夫よ」

「そ、そんなの持ってるんだ」

「何言ってるの。そんなの雪山じゃ常識でしょ。さあ、行きましょう。のび太さんの格好、そのままじゃ凍えてしまう。心配だわ」

吹雪に逆らうように歩き始めるしずかのあとを、仕方なくのび太はついていった。

しずかが何かを思い出したようにのび太の顔を見た。

「小さいころは、こういうときにいつもドラちゃんが助けてくれたわね。ケホッ、ケホッ」

「えっ、なになに？」

「ドラちゃんは、どうしているのかしらね？」

「さあ、昼寝でもしてるんじゃないかなあ」

「フッ、フフ。やだわ、のび太さん、何言ってるのよ。おかしい、子どもみたい」

『……子ども？　バレた⁉』のび太は焦った。さすがにしずかは鋭い。

しかししずかは、のび太のそんな様子には気づかず、目の前に何かを見つけた。

「岩穴があるわ。一休みしていきましょう」

「一休み！　いいねえ。いいねえ」

少し寒くなってきたし、疲れてきたし、のび太にも休憩は大歓迎だった。それにあの岩穴に行けば、持ってきたアイテムをしずかに披露できる。

地図の件は失敗したけれど、ほかのものを見れば、しずかものび太のことを尊敬すること請け合いだ。のび太はニヤニヤしながらしずかのあとを追って岩穴に入っていった。

岩穴に入ったのび太は、熱弁を振るい始めた。

「いいかい？　雪山の遭難で恐ろしいのは凍死だ。たき火をして体温を上げよう！」

自信満々に鞄からマッチを取り出すが、マッチの箱からぽたぽたと水滴が落ちている。

「マッチがぐしょぬれ？　問題ない。ぼくは火のおこし方を知っているんだ」

のび太はそう言い放つと、洞窟内に落ちていた枯れ枝を拾って錐のようにこすりながら息を吹きかけた。

「木と木をこすりあわせればいいんだよ」

本で読んだ知識だから絶対大丈夫なはずだった。

のび太は手の平が痛くなるのも無視して熱心にこすっていた。

しかし……数分たっても火がつく気配はまるでなかった。

「なんとかここで、いいところを……見せねば～！　うまくいかないな～」

しずかが申し訳なさそうに言った。

「じゃあ、ライター使う？」

「……え？」

数分後、二人はたき火の前に座っていた。しずかの持っていた緊急用ライターが威力を発揮したのだ。

「ライターがあるなら早く言ってよ」

「あんまり張り切ってるから悪くて……」

そのときしずかが咳き込んだ。よく見るとかなり顔色が悪い。

「もしかして、風邪？」

「ちょっと調子が悪いけれど、たいしたことないわ」

なぜしずかが風邪を引いたのか……それについてはのび太に覚えがあった。

「未来のぼくがうつしたんだ」

「ん？」

「いや、なんでもない。ごめんね、誘いに来てくれたとき、ぼく、風邪引いていたから、そのせいかもって……」

「気にしないで。わたしの健康管理が悪いのよ」

そう言って、しずかは激しく咳き込み始めた。

「これを着て。ぼくはかまわないから」

のび太がコートを脱いでかけてあげると、しずかは悲鳴を上げた。

「きゃ！　ぐしょぬれ。そっちの服もぬれてるんじゃない？　寒くないの？」

「そういえば……ああ寒い！」

「脱がないと死んじゃうわよ」

「……着替えがない」

自分がぬれていることにやっと気づいたのび太は、急にブルブル震え出した。

「もう。サバイバルシートがあるわ」

「わ、悪いね」

結局のび太は、しずかから借りたサバイバルシートと呼ばれる保温シートにくるまって、服が乾くのを待つことにした。

「ひーっくしょん！」

こうしていいところを見せるチャンスはすべて消えた。

がっくりとしながらのび太は、洞窟の入り口を眺めた。

そこから垣間見える吹雪は、ますます激しくなる一方だった。

13

ようやくのび太のコートが乾いたのは、この洞窟に来てからもう三時間ほどたったあとだった。

「ゴホッ、ゴホッ、ゴホッ」

しずかは少し前から激しく咳き込んでいた。

その表情は、ここに来たときより明らかにつらさが増しているように見えた。

「だいじょうぶ？　風邪が悪化しちゃったのかな？　このままじゃ、しずかちゃん死んじゃうかもしれない」

しずかは朦朧とした目で、それでもがんばって笑って見せた。

「縁起でもないこと言わないで」

膝を抱えて座り、しずかはのび太を見つめながら何かを考えていた。

いくつかの思いが、しずかの瞳を横切っていったように思えた。たき火の炎が揺らめいている。

その反射がしずかの熱っぽい目の中で踊っている。

それはそれはきれいな瞳で、のび太は鼓動が速まってしまうのを感じていた。

「それにしてものび太さんは、ちっとも変わらないわね。放っておいたらどうなっちゃうんだろうってハラハラしちゃう」

のび太は、「むぅ」とうなるしかなかった。

変わっていないんじゃなくて、実は本当に子どもそのものなんだとは口が裂けても言えない。

そのとき、しずかが何かを決心するように自分自身にうなずいた。

「うん、いいわ。この前の返事。オッケーよ」

思わず声が出た。

「え？」

なんの返事なんだろう。

「あれ、もっと喜んでくれると思った、の、に……」

わずかに微笑んだしずかは、そのまま前のめりに崩れるように倒れた。

失神したのだ。

「わあああ！　しずかちゃん！　しずかちゃん！」

のび太があわてて揺り動かそうとその肩に触れると、しずかが驚くほどの高熱を出しているのがわかった。

気丈に振る舞ってはいたが、しずかは限界を越えていたのだ。

「どうしたらいいんだ！　助けて！　助けて、ドラえもーん。ドラえもおおおおん！」

そのころ、ドラえもんはというと……、

「ふぁ～、こんないい天気だと、眠くなっちゃうね～」

春を思わせる陽気の中で、のび太から解放されたドラえもんは、久しぶりの休暇を楽しむように公園のベンチで全力で昼寝していた。

「ウフッ。このドラやきはなんておいしいんだ。ミーちゃんも……」

寝言を言いながらいい気持ちで眠っているその横で、どこでもドアからは、降り積もった雪が押し出されて小さな山を作っていた。反対側の雪山から見たら、それは完全に雪の中に埋まってしまっているはずだ。

洞窟の中でのび太が決意した。

「しずかちゃんをとにかくどこでもドアのところまで連れていかなきゃ!」

こうなったら自分が少年ののび太で、ドラえもんと一緒にこの世界に来ていたことがバレてもしょうがない。

のび太はしずかを背負うと、洞窟を抜け出し、吹雪の中に歩き出していった。

「こっちのはずなんだけどどこでもドア……」

のび太はやってきた方向に向かって一歩一歩歩き始めた。

気を失っているしずかの息は弱くなり始めていた。

激しい吹雪がのび太としずかに容赦なく吹きつけ、視界は十メートルほどになってしまった。

もうどっちが洞窟で、どっちがどこでもドアのあった場所なのかもわからなくなってしまった。

こんなに寒いのに、のび太の背中に気持ちの悪い汗が流れた。

焦りを通り越して情けなかった。

しずかの手につけられていた、健康状態をモニターしているらしい装置が、ピピピという警告音と同時に赤く点滅を始めると、感情のない冷たい声でアナウンスを始めた。

――バイタル危険。脈拍が落ちています。ただちに医療機関に連絡してください。繰り返します――

「うわあああ！　どうしよう」

――危険な状態です。このまま放置すると命にかかわる可能性があります。ただちに医療機関に――

「どっちだ！　どっちだ。どっちに行けばいいんだ！」

のび太は周りを見回したが、吹雪はますますひどくなり、もうどの方向も何も見えなくなっていた。

ただひたすらにしずかのバイタルメーターだけが、警告音を鳴らし続けている。

「そうだ、オートコンパス！」

のび太はしずかの腕に巻かれたオートコンパスを取ろうとした。

その瞬間、突風が吹いて、のび太はバランスを崩し、しずかとともに雪の斜面に倒れ込んで、そのままゴロゴロと転がり落ちた。

「って〜！　いったあ〜……。足をくじいた……。はっ、眼鏡もない！　これじゃ何も見えない！」

のび太は混乱の中で、ドラえもんが出発するとき言っていた言葉を思い出した。

ドラえもんは確かにこう言っていたのだ。

『タイムマシンを使うと、また未来が変わるってことだよ』

「あ〜っ！　どうしよう、どうしよう!!」

のび太は天を仰いだ。ドラえもんの言葉が頭をよぎる。

『それはいつもいい方向ばかりとは限らないんだ』

「そんなのイヤだよ」

このままではドラえもんが予言した通り、最悪の未来になってしまう。

今、背中でぐったりしているしずかは、のび太にとって未来そのものだ。

そのしずかに万が一のことがあったら、それは未来そのものが潰えてしまうということなのだ。

のび太は天を仰いで叫んだ。

「お願いだ！　しずかちゃんが死んじゃう!!　勉強でもなんでもするから、心を入れ替えるから……何してるんだよドラえもん！」

しかし、鉛色の空はまったく表情を変えずにそこにあった。

激しい吹雪は収まる気配を見せなかった。

世界は真っ白になったままだった。

吹雪がむき出しの顔に容赦なく吹きつけていたが、もう頬の感覚がなかった。

のび太はいつの間にか自分が涙を流していることに気づいた。

「ぼくがいいかげんな気持ちで来たから……だから」

しかし、後悔している場合じゃなかった。

今、過去を振り返って反省しても、なんの意味もない。

後悔なんて、なんとかなったあとの贅沢品なんだとのび太は気づいた。

今は何がなんでも、この状況から抜け出さなければならない。

頼れる存在のドラえもんとは連絡が途絶えている。

ドラえもんがいない今、この世界で頼ることのできる人間、状況を理解している人間は一人しかいない。それは……自分だ。

「自分で……。自分でなんとかするしかないんだ。何か方法があるはず。何か！」

のび太はそう決心すると、この状況から脱出する方法を真剣に真剣に考えた。

自分でなんとかする…その自分という言葉にのび太は妙な引っかかりを感じていた。自分……自分……じぶん……ジブン……。

「はっ！」

そう、のび太たちが置かれたこの状況を理解できる人が、もう一人だけこの時代にいることにのび太は気づいたのだった。

「あいつを信じるしかない」

のび太はしずかのバイタルメーターに表示された現在時刻を確認した。

「よかった、時計は大丈夫だ。よし、今が何年の何時何分か覚えた。あとは未来のぼくに賭ける。ぼく自身を信じる！　とどけこの記憶！　頼む！　未来のぼく！

この出来事を思い出してくれ!」

吹雪は、ますます勢いを増しながら吹き荒れている。

「ぼくの人生で最大のピンチを忘れるわけがない! とどけ! とどけ! とどけ! この記憶!」

何も起きなかった。

ただ吹雪だけがビュービューと頬に吹きつけていた。

風の音があたりに反響しあって、それはまるで悪魔が大合唱しているように聞こえた。

今、試みてみた〝記憶を未来の自分に送る作戦〟は、なんらかの理由でうまくいかなかったのだ。

のび太が、そう確信しかけたとき、ふと吹雪の音の中に、わずかにエンジン音が聞こえた気がした。

もう一度耳を澄ませてみたが、もうそのエンジン音は聞こえてこなかった。

強く願うあまり、幻聴を聞いたのかと思った瞬間、今度ははっきりとエンジン音が伝わってきた。

そして、吹雪の向こうに一筋の光芒が浮かび上がった。

その光芒とともに、はっきりとした声とエンジン音が近づいてきた。

「おおーい！　しずかさーん！　のび太くーん」

記憶が……のび太にとって今この瞬間の記憶が十四年の時を経て、あの人にとどいたのだった。

「おーい！　だいじょうぶか〜い！」

のび太は涙まじりに大声で叫びながら手をちぎれるほど振った。

「ここでーす！　ここにいまーす！」

雪の丘を越えてエアスクーターが接近してきた。その運転席に座っていたのはなんと、青年ののび太だった。


青年のび太と、姿は青年の子どものび太、そして気を失ったままのしずかを乗せたエアスクーターは、雪山を下りて街に向かってひた走っていた。

密閉したエアスクーターの暖房と、青年のび太が持ってきた緊急解熱剤のおかげで、しずかのバイタルサインは安定していた。

もちろん予断を許さない状況ではあるので、青年のび太はこの場所から一番近い病院に向かっていた。

「思い出してくれたんだ」

「ああ。うちで風邪引いて寝てたらね、突然思い出したんだ。と言うか、記憶が飛び込んできた感じ？　不思議な感覚だった。なんでこんな大事なこと忘れてたんだろうって」

青年のび太は笑いながら続けた。

「それからいても立ってもいられなくなって、あわてて来たんだよ」

ようやく安心したのび太の目から、次から次へと涙がこぼれ始めた。

「こわかったよ……」

「もう大丈夫。作戦は大成功だったんだ。自分に向かって言うのもヘンだけど、ぼくを信じてくれてありがとう」

「同じのび太しか頼れなかったからね」

「頼ってくれてありがとう。の・び・太くん」

「エヘヘッ」

「さあ、急ごう。しずかさんが心配だ」

14

しずかを病院に連れていった青年のび太を、元の姿に戻った子どものび太は公園で待っていた。

どこでもドアを調べると、雪山側は完全に雪に埋まっていた。

もし雪山が晴れていても、ここまで埋まってしまっていたらどこでもドアは絶対に見つからなかっただろう。

作戦を変えたのは大正解だった。

のび太と大人のしずかは、本当にギリギリのところで助かったのだ。

肝心のドラえもんは何があったかまったく気づかずにいまだにベンチに寝転んで居眠りを続けていた。

すべての手続きを終えて青年のび太がエアスクーターで戻ってきたのが見えて、

少年のび太は駆け寄った。

「どうでした?」

「しずかさん、もう少しで危ないところだったみたい。でも大丈夫、もう心配ないって。君のおかげだよ」

「よかったぁ。自分に言うのもなんだけど、ありがとうございました。本当に助かりました」

「いやいや、君が機転を利かせてくれたおかげだよ。自分のことながら感心してしまう。よくあんな作戦考えついたね」

「必死だったんです」

「必死かぁ。なかなかその境地に至ったことがないなぁ」

「ぼくらに似合わないですね」

「学校のテストのときももっと必死になればよかったな」

そう言いながら、少年のび太と青年のび太は笑いあった。

歳の離れた親友同士のような、打ち解けた雰囲気がそこにはあった。

「なんだか、変な感じですね、これ」

そのとき、青年のび太が何かに気づいた。

その視線の先には、ベンチでのび太を待ちながら居眠りしているドラえもんの姿があった。

青年のび太は昔の記憶を探った。

「そうか。一緒に来たんだったね」

青年のび太は、ドラえもんの姿を懐かしそうに眺めていた。

「ドラえもん？　呼んでこよっか？」

青年のび太の視線に気づいた少年のび太がそう言うと、

「うーん」

青年のび太はしばらく考えて言った。

「いや、やめておこう」

「どうして？」

青年のび太は、寂しそうにそれでも精いっぱいの笑顔をつくって言った。

「ドラえもんは君の……ぼくの子どものころの『友だち』だからね」

「え……？」

「ドラえもんとの時間を大切にしろよ。ひーっくしょん！　そろそろ帰るよ。また熱が出そうだ」

青年のび太はそう言うと、エアスクーターに向かって歩いていった。

「あ、あの。ありがとう、ぼく」

少年のび太はぺこりと頭を下げた。

「うん、元気でな、ぼく。じゃあ」

青年のび太がエアスクーターのエンジンをかけて、まさに発進しようとしたとき、少年のび太は重大なことを青年のび太に伝えるのを忘れていたことに思い至り、大声で叫んだ。

「あっそうだ、大人のしずかちゃんが気を失う前に言ってたんだけどーっ」

青年のび太はエアスクーターを止めると、遠くから聞いてきた。

「えっ？　しずかさんが？」

「この前の話、オッケーだって！」

「この前の話がオッケー？　ん？」

直後、青年のび太の顔つきが一気に変わった。

「なにーーー!?」

そう言って、エアスクーターから転げ落ちた。そしてヨタヨタとした足取りで、のび太のところにやってくると、前のめりで聞いてくる。

「も、もう一度……、もう一度言って〜」

「……え？」

少年のび太は、何か大変マズいことを言ってしまったのかと思った。

しかし、今さらなかったことにはできない。

青年のび太を傷つけることになるのかもしれないが、ちゃんと事実を伝えなければならないと腹をくくった。

「だから、大人のしずかちゃんがこの前の話、オッケーだって言ってたけど……」

「それって、それって……」

青年のび太は両手で少年のび太の肩をつかんでぶんぶん揺する。

「痛い……痛い……」

突然、青年のび太は歓喜を爆発させるように叫んだ。

「やった〜!!」

「わっ！」

青年のび太は少年のび太の手を取って、くるくるとダンスを踊るように回った。

「間違いない？　本当に！　本当にそう言った？」

「なになに？　どういうこと？」

ようやく珍妙なダンスを終えた青年のび太が、息を切らしながら少年のび太に告げた。

「この前……思い切ってプロポーズしたんだ！」

「ん～！　同じのび太のくせにやるじゃないの」

「ずっと返事をもらえなくて……。オッケーか……！　はぁ～っ」

そう言って、青年のび太はヘナヘナとその場にへたり込んだ。

「あっ！　だいじょうぶ？　だいじょうぶ？」

「あっ、こうしちゃいられない。しずかさんのところに行かなきゃ」

青年のび太は、少年のび太の心配もよそに、よろよろとエアスクーターに乗り込むと、急発進させてその場をあとにした。

大興奮の青年のび太が立ち去ってからも、しばらく少年のび太は事態が飲み込めないでいた。

「ハハッ。なにやってるんだか。プロポーズがオッケーだからって、あんなふうにうろたえちゃって」

プロポーズ？　その答えがオッケーよ？　そう今の会話としずかの返答を反芻してみて、ようやく事のあらましがのび太の脳に届いた。

「ということは……。しずかちゃんと結婚⁉」

大変なことが起こっていたのだ。

ついについに、のび太としずかが結婚する未来が出現したのだ。

のび太はあふれてくる幸福感で、さっきの青年のび太と同じように一瞬腰が抜けてしまい、ぐっすりと眠っているドラえもんのところによろよろしながら駆け寄っていった。

「ドラえもぉおーーーーん」

ドラえもんがようやく目を覚ました。

「うまくいった？」

「なに昼寝してるんだよ。大変だったんだぞ」

「手を出すなって言ったのは、そっちじゃないか」

「ううっ」

いや、今はそれどころじゃなかった。とにかくとにかく!

「それより、大変なんだよ。ぼく……いや正確にはこの時代の成長したぼくがだけど、しずかちゃんから……」

「うん」

「えへへへへへ」

「なんだよ!」

言ってしまうのがもったいなかった。二、三日大切にしまい込んで一人で楽しんでからゆっくり教えたいくらいだった。

のび太は引っ張るだけ引っ張って……でも最後にドラえもんに伝えた。

「結婚オッケーの返事をもらった」

「へ?」

「結婚してもいいよって!」

「え〜っ!!　ほんとに〜!?　ほんとに？　ほんとに？　やったね！　よかった、よかったよ〜！」

ドラえもんも自分のことのように喜んでくれた。

「のび太くん、よかったよ〜!!」

「ハハハハハッ！　オーホホホホホッ！」

「のび太くん、すごい、すごいよ！」

二人は両手をつなぎあって、踊りながらぐるぐる回った。

ひとしきり踊り回って疲れた二人は、そのまま公園の芝生に倒れ込んだ。

ドラえもんが頬を染めて言った。

「見に行く？」

「うん、見てみたい」

そして二人は声をそろえて言った。

「『ウフッ、ウフフフフ。結婚式!!』」

二人は、その数ヶ月後に行われるのび太としずかとの結婚式を見に行くために、トイレの中のタイムホールに向けて駆けていった。

15

青年のび太にとっては数ヶ月後、そしてのび太とドラえもんにとっては数分後、二人はまたトイレのタイムホールから飛び出してきた。

「ついた！」

「今日が君の結婚する日だよ！」

「は〜っ、ドキドキしてきた」

のび太はそう言って、右手で自分の胸を押さえた。

「あれ？」

「ん？」

のび太が指さす方向には、暴走するエアスクーターが……。

モーニングを着た青年のび太が運転している。なにやら大変あわてているようだった。

「式場に向かうところだ」

「早く追いかけなきゃ。ドラえもん、タケコプター！」

のび太はそう言って、走り出した。

のび太とドラえもんはタケコプターを装着すると、一気に舞い上がり、青年のび太のエアバイクを追った。

「なんだかあわててるみたい」

「遅刻しそうなんだろ。こんなときにまで〜」

公園エリアから大通りに出ると、そこにはすばらしい未来世界のパノラマが広がった。

初めて見る未来都市の壮大な風景に、少年のび太は興奮のあまり声を出してしまった。

「うわーっ！　これが未来の世界か！」

曲線を多く使ったビル群を縫うように、空中を規則正しく舞うエアスクーターやエアカー。そして、至るところに張り巡らされたチューブの中を宅配便らしき荷物が自動的に移動していた。

青年のび太はそのビル群の中でもひときわ大きい建物に一直線に向かっていた。

プリンスメロンホテルと書かれた看板がホログラムで浮かび上がっていた。

「あそこで結婚式があるんだね」

少年のび太とドラえもんも青年のび太のあとを追って、プリンスメロンホテルの結婚式場と書かれた空中テラスに向かって一直線に飛んでいった。

空中テラスにあたふたと降り立った青年のび太が、あわてた様子で式場に飛び込んでいった。

「すみません、野比のび太です、遅刻しました！」

受付の女性が、書類をめくりながら困惑していた。

「お客様のお式は明日の予定になっておりますが……」

「「え〜っ!!」」

ぐったりとした表情で青年のび太は、ホテル入り口の階段を一段下りて、すぐに座り込んだ。

その後ろ、青年のび太に見つからない程度の距離を保って、少年のび太とドラえもんがやれやれという顔でついてきていた。

「一日、カンちがいしてたんだ」

「いくつになってもしょうがないなあ」

ふと少年のび太が怪訝な顔になる。

「待てよ。じゃ、なんでこの日に来たの？」

「うっかりしてた」

ドラえもんがぺろっと舌を出す。

「人のこと言えないだろ！」

「まあ、せっかく来たんだから、このまま式をひかえたのび太くんを見ていこうよ」

「そうだね」

二人がそう言って青年のび太のほうを見ると、彼の携帯電話が鳴った。

「ああっ」

あわや取り落としそうになりながらも、青年のび太が電話に出ると、画面に立体的に映し出された相手は大人になったスネ夫だった。キザなスネ夫らしく、おしゃれなパーマヘアになっている。

「やあ、スネ夫」

「お前、どこにいるの？　今日は独身最後のパーティーをジャイアン家でやろうって、約束したろ？」

「あっ、いっけね」


大人になったジャイアンの家で、青年のび太をジャイアン、スネ夫、出木杉が囲んでいた。

――ゴクッゴクッゴクッ。

スネ夫が酒を一気に飲み干す様子を、少年のび太とドラえもんが透明マントを着て驚いたように見ていた。

「ぷは～っ！　おい、いまだに信じられないよ。明日だろ？　結婚式」

「ん～」

スネ夫にそう言われて、青年のび太は酒のコップを持ってニヤニヤしっぱなしだ。

「しかし、きれいだろうな～。明日のしずかちゃんは」

「ぼくらのアイドルだったしずかくん。とうとう野比くんと結婚するのか。幸せにしてくれるよな」

青年ジャイアンの言葉を受けて、青年出木杉もそう言いながら青年のび太のコップに酒を注ぐ。

「できればぼくが幸せにしてあげたかった！　でも『あなたはなんでも一人でできるから』って……」

少々目の据わった様子の青年出木杉は酔っ払っているようで、そう言いながら突っ伏してしまった。

透明マントを着たのび太とドラえもんも声を上げないように自分を抑えるのに必死だった。

そして、ひそひそ声でドラえもんは少年のび太に耳打ちした。

「危ないところだったんだねぇ」

青年出木杉の言葉に青年ジャイアンは、

「そうなのか……、出木杉、お前もか！」

そう言って、テーブルをドンとたたいて立ち上がり、青年のび太に絡み始めた。

「やい、のび太！　ちょっとそこにいろ、おめえ！」

「そうだあ！　そこにいろ‼」

酔っ払った青年スネ夫も合いの手を入れる。

「出木杉ならあきらめもつくけどよ。な～んでお前なんだ！　え～っ！」

青年ジャイアンはドスドスと青年のび太のほうにやってきて、その耳をつかんで引っ張り上げた。

「のび太のくせに！　うらやましすぎるだろうが！　アハハハハッ」

青年ジャイアンと青年スネ夫が酔っ払い特有の馬鹿笑いを始めた。

その場で見ていた少年のび太たちは、大人たちの様子が理解できないようで、キョトンとしながら顔を見合わせている。

「何があんなにおかしいんだか……」

すると、隣の部屋から大人になったジャイ子の声がした。

「静かにしてよ！　しめ切りが近いんだから！」

その声に一瞬にして我に返った青年ジャイアンは、青年のび太の耳をとっさに離した。

「お、ジャイ子」

絡まれてもえへへえへとだらしなく笑っていた青年のび太は、漫画家になった大人ジャイ子に挨拶をした。未来が変わっていなかったら、結婚していた相手である。

「やあ、ジャイ子ちゃん、久しぶり」

「ああ、のび太さん、結婚おめでとう。もし、しずかさんを泣かせでもしたら、わたしのペンが黙ってないわよ！」

「わかってる、わかってる、どうもありがとう」

終始ニヤニヤし続けている青年のび太を見ながら、少年のび太はうんざりとつぶやいた。

「あのうれしそうな顔……」

「まったくしまりがなくなってる」

青年のび太の様子にすっかり嫌気がさした少年のび太とドラえもんは、そっとベランダに出ると、タケコプターで再び舞い上がった。

16

「もう見てらんないや。しずかちゃんはどうしてるかなあ」

ドラえもんがニヤニヤし始めた。

「もしかしたら軽はずみな婚約を悔やんで泣いているかも」

「やめてよ！　ああ、心配になってきた。見に行ってみよう！」

のび太は急にスピードを上げた。

「あっ、待ってよ〜」

高層マンションの大人しずかの住む部屋は、すぐわかった。

しずかの父親が窓際の書斎でパイプを吸っているのが見えたのだ。

のび太とドラえもんは透明マントをつけてベランダに降り立つと、窓からそっと中に入っていった。

家の中でしずかを見つけ、ついていくと、しずかは父の書斎の前へ行き、戸をノックした。

「お入り」

父の声がすると、しずかは中へ入っていく。

しずかは思い詰めたような顔をしていたが、ようやく口を開くと一言だけ言った。

「パパ、明日は早いからもう寝るわね。おやすみなさい」

「ああ、おやすみ」

透明マントをつけてしずかの隣で様子をうかがっていたのび太とドラえもんは、しずかが浮かない顔をしているのに気がついた。「あれ？　なにか沈んでる？」

「結婚の相手が君だもんねえ」

「んっ！」

しずかは何か言いたげな顔をしながらも、「おやすみなさい」とだけ言って、書斎を出ていく。

「えっ、あれだけ？　明日結婚するのに？」

のび太はそう言って、しずかの後ろに続く。

「かえって話せないもんだよ、こんなときは」

ドラえもんは、四次元ポケットからアンテナがついた小型の装置を取り出した。

「『正直電波』！　これを受信した人は、普通なら照れくさくて言えないことも、正直に話しちゃうんだ」

そうひそひそ声で言いながら、ドラえもんはそれをさっそくしずかに使ってみた。しずかが思い詰めた表情になって、再び書斎にとって返した。

「パパ！」

「よかった！　やっぱり何か言いたかったんだ」

しかし、その直後、書斎の中から聞こえてきたしずかの発言は驚天動地の大宣言だった。

「わたし、結婚やめる！」

のび太とドラえもんは、その声にあわてて半開きのドアから書斎に駆け込んだ。

「ええっ！」

「なんで～!?」

「しっ！」

しずかの父親も驚いていた。

「なんだい？　急に」

「わたしがいなくなったら、寂しくなるでしょ？」

「そりゃ、もちろんだ」

「これまでずっと、甘えたり、わがまま言ったり……それなのにわたしのほうは、パパやママに何もしてあげられなかったわ」

感極まったしずかは涙を見せていた。

「とんでもない」

しずかの父親は、しずかの手に自分の手を重ねて静かに語り出した。

「君はぼくたちにすばらしい贈りものを残していってくれるんだよ」

「贈りもの？」

「数え切れないほどのね。まず最初の贈りものは君が生まれてきてくれたことだ」

しずかの父親は大切な思い出をそっとひもとくように深呼吸した。

「君の産声が天使のラッパみたいに聞こえた。あんなに美しい音楽は聴いたことがない」

大人しずかも、のび太もドラえもんも、その大切な思い出を一言ももらすまいと真剣に聞いていた。

のび太にはわかった。今しずかにとってかけがえのない大事な時間が流れているのだ。

それを内緒で共有させてもらっているのは、少しだけ後ろめたいけれど、この時間にここに立ち会うことができて本当によかったとも思っていた。

「病院を出たとき、かすかに東の空は白んではいたが、頭の上はまだこんな一面の星空だった。この広い宇宙の片隅にぼくの血を受け継いだ生命が今、生まれたんだ。そう思うとむやみに感動しちゃって、涙が止まらなかったよ。それからの毎日、楽しかった年月、満ち足りた日々の思い出こそ、君からの最高の贈りものだったんだよ」

しずかの父親の机の上に飾られた何枚かの写真が、その言葉の一つ一つを証明しているようだった。

桜が舞い散っている中での入学式の家族写真。ポニーに乗って自慢げな顔を見せている小学生のしずか。スキーウェアを着てポーズを決めている今から数年前と思われる成長したしずかの姿。

思い出の大切さが、写真一枚一枚にしっかりと刻み込まれているようだった。

「少しぐらい寂しくても思い出があたためてくれるさ。そんなこと、気にかけなくていいんだよ」

しずかが甘えたように父親の膝に寄り添った。

「わたし不安なの。うまくやっていけるのかしら」

「やれるとも、のび太くんを信じなさい。のび太くんを選んだ君の判断は正しかったと思うよ。あの青年は決して目立った取り柄があるわけじゃない。しかし、人の幸せを願い、人の不幸を悲しむことができる。それが人間にとって一番大事なことなんだからね」

しずかは、酔っ払ったのび太から強引に聞き出した子どものころのスカートめくり事件の顚末を思い出した。

「自分と一緒にいると不幸になってしまうと思った」と、酔っ払ったのび太は告白した。

それで「きらわれよう」と思った、と。

あの苦しそうなスカートめくりは、誠に勝手な独り相撲だったことがわかったが、しずかは、そういったあまりに愚直なのび太の一連の行動が、なんだかひどくかわいらしく思えたのだった。彼は人の幸せを願い、人の不幸を悲しむことができる。確かにそう言葉にしてもらえると、なぜ自分がのび太に惹かれたのかわかる気がしてきた。

その思いを後押しするようにしずかの父親は続けた。

「彼なら間違いなく君を幸せにしてくれると、ぼくは信じているよ。そして、そんな彼を選んだ君を誇りに思っている。大丈夫、君の未来はぜったいに明るい」

父に頭をポンポンされて、しずかは何度も何度もうなずくと、書斎をあとにした。

ドラえもんとのび太も胸がいっぱいになりながら、タケコプターでしずかのマンションから舞い上がった。

17

街灯りを映した薄青色から深い深い群青色へ、空はきれいなグラデーションに塗りつぶされていた。

空が地平線と接するあたりには、亜音速ジェット旅客機が識別信号をいくつも瞬かせながら、高高度に向かって銀河鉄道のように離陸していくのが見えた。眼下はまるでクリスマスのイルミネーションを広げたような美しい光の粒子がお互い競い合うように輝いていた。あの粒の一つ一つの中にさまざまな人生が瞬いているのだと思うと、のび太は満たされた気持ちになった。

「結婚式を見るのはまた今度にしない？」

「そうだね。早く現代に帰ろう」

結婚式に来ようと思えば、いつでも来られる。それより今は、このあたたかく大切な思いを胸に自分の時代に戻りたかった。そして今すぐに会いたい人がいた。

「会いたくなっちゃった。ぼくの時代のしずかちゃんに」

二人はにっこりとうなずき合うと、タイムマシンが待っている公園に急降下していった。


現代に戻ったのび太はしずかの家にすっ飛んでいった。

「なあに、急に。話があるって……」

家から出てきたしずかは、昨日までとまったく同じだったが、のび太の目にはまるで違って見えた。

のび太の心臓は最高潮にドキドキしていた。だが今、どうしても言いたい。おそらくしずかにはなんのことやらわからないだろう。

もしかしたら気持ち悪がられるかもしれない。

でも今、この気持ちが燃えているうちにどうしても言っておきたかった。

のび太は覚悟を決めると、頬を真っ赤にしながらしずかの手を握った。

「のび太……さん？」

「しずかちゃん、ぼく、きっと君を幸せにしてみせるからね。ぜったい！　ぜったい幸せにするから！」

しずかはなんのことかわからず、きょとんとしていた。

のび太はさっときびすを返すと、力強く立ち去った。

言えた。今この気持ちを言えた。そのことがのび太にとってはとても重要なことだった。

一部始終をのぞいていたドラえもんがニコニコと笑っていた。

多奈川まで走ってやってきたのび太とドラえもんは、土手から川の向こう側に広がる景色を眺めた。

茜色に染まり始めた空はどこまでも美しく澄んでいた。

のび太が横を見ると、そこにはドラえもんがいる。

ただそれだけのことがのび太にはうれしかった。

この友だちのおかげで、以前には想像もできなかったしずかとの未来がやってきそうなのだ。

そのことはもちろんうれしかったけれど、何よりその事実をよりいっそう輝かせているのは、その未来をこの友だちと二人で勝ち取ったのだということだった。

勝手に誰かがお膳立てしてくれたわけではない結果……しずかとの結婚。

そんな素敵な未来を、自分とドラえもんが二人で協力してギリギリのところで手にしたという事実が、のび太にとってはなによりうれしかった。

「ドラえもん」

「うん？」

「ん～、タケコプター貸して」

「いいけど……」

ドラえもんは、四次元ポケットからタケコプターを出して、のび太に渡した。

のび太はそれを受け取ると、頭に取りつける。そして、

「ちょっと、ちょっと来て」

「何さ～？」

のび太は、そばに寄ったドラえもんの耳元に口を近づけた。

「あのね」

「うん」

「今、ぼくは……」

「うん」

「ぼくはね……」

「うん」

「え〜と……、え〜と」

「だからなあに？」

「みんなに分けたいくらい、す〜っごく」

「えへへへ」

「なんだよ？」

「みんなに分けてあげたいくらいすっごく」

そこまで言うと、のび太は叫びながらタケコプターで空に舞い上がった。

「幸せだーっ！」

ドラえもんは、地上で空を舞いながら大喜びしているのび太を「うんうん」とうなずきながら見ていた。

空を飛ぶのび太をしばらく満足そうに見ていたドラえもんは、ピコンピコンという電子音とともに、鼻が赤く点滅しているのに気がついた。

――のび太くんの幸せを受信しました。成し遂げプログラム完了。四十八時間以内に、未来へお帰りください――

未来からの通信を確認して、ドラえもんはハッとした。

「……そうだった。セワシくんがセットしたんだっけ」

ドラえもんはそう言って土手に座り、四次元ポケットからタイムテレビを取り出して、画面をじっと見つめる。

「フ～ッ。よかったよかった。ぼくも肩の荷が下りたよ。これでようやく帰れるってわけか……」

そうは言ったものの、ドラえもんの心に安堵とは違う寂しさのようなものが襲ってきた。

「まったく君は、ドジでのろまで、勉強がきらいで、気が弱くて、なまけ者で、グズで運動もまるでダメ、おくびょうで、うっかり者で、頼りなくて…、めんどくさがり屋で…、意気地なしで…、物覚えが悪くて……、お人よしで……、お調子者で……、甘えんぼうで……」

ドラえもんは、そう言いながらもう一度空を見上げた。

どうにもいけてなくて、そのお世話を頼まれたことがいやでいやでたまらなかったはずの少年がそこにはいた。

ドラえもんの視界はみるみるうちに涙でゆがんでいった。

「お〜い！」

幸せそうに飛び回るのび太が、空からドラえもんに声をかけてきた。

「どうしよう、困ったな……」

あわててごまかしたドラえもんだったが、その心は悲しみで粉々に砕け散っていた。

18

「わーん！　ドラえもーん！」

のび太が大騒ぎしながら部屋に飛び込んできた。

「ねえねえ鼻からスパゲッティを食べる道具出して！」

「ん〜」

「できないとジャイアンにボコボコにされちゃうんだよ〜」

いつもの調子で甘えたことを言い出したのび太に、ドラえもんがぴしゃりと言い放った。

「できない約束なら、最初からするな！」

「わあ」

その言い方のいつにないきつい調子に、びっくりしたのび太が真顔になった。

「いつもいつも、ぼくを頼って！　たまには自分でなんとかしたらどうなんだ！」

「そんなに怒って、どうしたんだよ、ドラえもん」

「どうしたもこうしたもあるか！　ぼくはもう君が困っていても助けてあげられないんだ！」

「え、何？　どういうこと？」

「あがが……」

「いったい、どういうことなのさ？」

ドラえもんが覚悟を決めたように語り始めた。

「実は……、もうここにいられないんだ」

「……え？」

「覚えてない？　出会ったばっかりのとき」

のび太はセワシとドラえもんが初めてのび太の部屋にやってきたときのことを思い出していた。

「ドラえもん、ちゃんと話し合っただろ⁉」

「でもさぁ……」

「もう、決まったことなの。おじいちゃんが幸せになったら帰ってきていいから」

「ホントに？　ホントにそうなったら帰してくれるんだよね」

「うん、約束する。もし君がいやだっていっても無理やり帰らせちゃう」

「イヤだなんて、ないない、絶対ない」

確かにセワシはのび太が幸せになったら、ドラえもんを未来に帰すと言っていた。

そして今、のび太は確かな幸せの中にいた。

「そんな……ドラえもん、未来に帰っちゃうの？」

「なんとかしてよ～っ！」

のび太の泣き声が家中に響いた。

「ごめん、のび太くん。明日には帰らないと、本当にまずいんだ」

テーブルに山盛りのドラやきが用意されている。

「のび太、いいかげんにあきらめなさい。ドラちゃんが困ってるわ」

ママがのび太をなだめようとするが、のび太は泣きっぱなしだ。

「まあ、たまには遊びにおいで」

残念そうな顔のパパも助け船を出してみるが、ドラえもんは困った顔で答えた。

「それが……、プログラム上……、もう二度とこの時代には来られないんです」

その言葉を背中で聞いて、のび太が両手で耳をふさいだ。

「……そうなのか。それは寂しいな」

空気が重くなったのを感じて、ママが無理に明るく振る舞った。

「元気でね」

「や～だ！　帰らないで、ドラえもん！」

のび太は、泣きながらドラえもんの足にまとわりついて離れない。

「ぼくだって、できることなら帰りたくないんだ！」

ドラえもんがそう言った瞬間、ブーッという電子音とともに鼻が点滅し始めた。

――不正ワード〝帰りたくない〟を確認――

「しまった！」

すると、ドラえもんの体にビリビリと激しい電流が走った。

「だああっ！　らららら……、あぎゃーっ！　あたっ⁉」

あまりの刺激にドラえもんはのたうち回った。そして、

「ちゃんと未来に帰ります～！　んががが」

そう言った瞬間、電流はおさまり、ドラえもんはその場に突っ伏したまま動かなくなった。

「ドラえもん！　だいじょうぶ？　ねっ、ドラえもん！」

思わず駆け寄って心配するのび太に、ドラえもんは苦しそうにゆっくりと答えた。

「成し遂げプログラムのヤツには、逆らえないんだ……」

「はぁ……」

「うう……」

のび太は、これ以上どうしようもないのだということを悟った。

涙があふれてあふれて止まらなかった。

そのあと、自分の部屋に戻ってきたのび太は、机に突っ伏してずっと泣いていた。

ドラえもんはのび太を元気づけようと、そっと後ろから声をかける。

「のび太くん、なんと言ったらいいか……。そんなにくよくよしないで」

ドラえもんが近づいて顔をのぞき込もうとすると、のび太はプイっと反対側を向いてしまった。

「あっ……。君の未来は変わったんだ！　元気出しなよ」

「ドラえもんがいないんじゃ、意味ないよ」

のび太は、そう言って、膝に置いた手をぐっと握りしめた。

「君自身だって変わったよ！　出会ったころとは大違いさ！」

背中を向け続けるのび太に、さらにドラえもんは続けた。

「はあ……。でもやっぱり心配なんだ。君のそばにいてあげられたらどんなにいいかって思うよ」

その言葉に少しだけのび太が反応したように見えた。

ドラえもんはたまらなくなって、のび太の正面に回り込んだ。

「ぼくがいなくてもちゃんとやっていける？　ジャイアンやスネ夫にイジワルされたら、一人で立ち向かえる？　のび太くん！」

のび太は、膝に置かれたドラえもんの手を握りたい衝動にかられたが、そうしてしまったらまた涙がこぼれてしまいそうで、必死でこらえた。そして、下を向いたままドラえもんとは目も合わせずに立ち上がった。

「どこ行くの？」

「ほっといて」

「のび太くん……」

のび太はドラえもんをその場に残し、部屋を出ていってしまった。

19

ドラえもんから離れた途端、ずっとこらえていた涙があとからあとからあふれ始めた。

のび太の胸元は流した自分の涙であたたかくしめっていった。

こんなに出るものなのかと驚くほどの涙が、次から次へとあふれていった。

「ドラえもんのバカ。一人でなんか、できるわけないじゃないか」

泣きながらトボトボと空き地へやってきたのび太を、遠くからジャイアンが見つけた。

「おおっ。のび太じゃねえか。いいとこで会ったなあ」

「ジャイアン……」

「さあ、決めたのか？　鼻でスパゲッティを食べるか、おれさまに殴られるか」

ジャイアンに究極の選択を迫られて、思わず後ずさりしたのび太は、足がもつれてその場にしりもちをついてしまった。

反射的にのび太はいつもの言葉を叫びそうになった。

「あああ……助けて！　ドラえ……」

そのときのび太は、つい数分前に見たドラえもんの困った顔を思い出した。

『ジャイアンやスネ夫にイジワルされたら、一人で立ち向かえる？』

のび太はあわてて自分の口を押さえた。変わらなくてはいけないのだ。ドラえもんはいなくなる。それは確実な現実だ。だったらのび太は、少しだけ大人にならなければいけない。ドラえもんに助けを求める代わりに、のび太はゆっくり立ち上がって、今まで口にしたこともないような大胆な提案をジャイアンに言い放った。

「ちょ……ちょっと待った。ケンカするならドラえもん抜きでやろう」

そののび太の反応に少し驚いたジャイアンだったが、すぐにうれしそうに返した。

「ハッハッハッハッ！　えらいな、お前。そうこなくっちゃ」

のび太の目つきが少しだけ変わっていた。無理やりまとおうとしている自信がのび太自身にも影響を与え始めていた。

少年は今、少しだけ大人になろうとしていたのだ。

「じゃあ、始める？」

「もう、始まってんだよ！」

ジャイアンのパンチがのび太の頬を確実にとらえていた。

「わ〜っ!!」

しかし吹っ飛んでいきながらのび太はいつものような恐怖にまったくとらわれていない自分に気づいた。

ジャイアンのパンチなんかより、ドラえもんがいなくなってしまうことのほうがのび太にはよっぽどの恐怖だったのだ。

むしろ涙は乾いていた。

ここでちゃんとケンカできれば、ドラえもんを笑顔で送り出せるような気がした。

転がってすぐに立ち上がって、のび太は全力でかっこつけてみた。

「まだまだァ！」

そのころドラえもんは、出ていってしまったのび太が帰ってくるのを部屋で待っていた。

「のび太くん、早く戻ってこないかな。最後の夜なのに……」

しかし、いくらなんでも遅すぎる。怒って出ていったので、帰りづらくなっているのかもしれない。それとも、どこかでドブかなんかにはまって泣いているのかもしれない。まさか事故にあったとか？

ドラえもんのイライラはピークに達していた。

「まだ帰ってこない。どこで何やってんだ。もう、まったくもう！　最後の最後まで人に心配かけて！　もう！」

ついに我慢できずドラえもんも部屋を飛び出していった。

さんざん殴られた。突き飛ばされ、投げ飛ばされ、蹴り飛ばされ、やりすぎなくらい痛めつけられた。いつものび太だったら、もうとっくに泣きながら許しを請うているはずだった。

でも、なぜか今日は違った。

どんなにやられても、今日ののび太は執拗にジャイアンにしがみついていく。

もうどう見たってボロボロなのだ。

いくらジャイアンだといっても、これ以上のび太を痛めつけて病院送りにはしたくなかった。

のび太は友だちなのだ。グズでドジなその行動にしょっちゅうイライラさせられたり、ケンカとも言えないような一方的なケンカをして泣かせたり、そんな関係だったが、でものび太との間柄を聞かれたら「友だち」と答えるだろう。

そんなやつを必要以上に痛めつけたくはなかった。

今日ののび太が、なぜいつもと違ってしぶといのかはわからないけれど、そろそろあきらめてくれないかなと、ジャイアンは心から思い始めていた。

それに、もうかなり疲れていた。殴るのだって体力がいるのだ。

大きく息をつきながら、目の前に倒れ込んだボロボロののび太にジャイアンは言った。

「ハッハッハッハッハッ！　どうだ！　まいったか？　二度とおれさまに逆らうな」

ジャイアンがのび太を置いて、その場を立ち去ろうとすると、後ろからのび太の声がした。

「まだ……負けて……いないぞ」

のび太は這い上がるように立ち上がり始めた。

ジャイアンは覚悟を決めた。

なぜだかわからないけど、今日ののび太はいつもとは確実に違うのだ。

だったら最後までつきあうのが、ガキ大将たるジャイアンのつとめなのかもしれない。

「お前、まだ殴られたりねえのか？」

「なにを〜、勝負はこれからだ‼　ぐんんっ、があ〜！」

拳を振り上げて向かってくるのび太をジャイアンはパンチ一発で返し、のび太の眼鏡が飛んでいった。

「のび太く〜ん。どこ行っちゃったんだろう、もう……」

のび太を探しながら空き地まで来たドラえもんは、驚くような光景をそこに見た。

ジャイアンとのび太が戦っていた。

いつもなら一方的に終わるはずのこの二人のケンカが、ずいぶん長く続いているらしいことはジャイアンの苦しげな息づかいと、のび太のボロボロ具合で容易に想像できた。

のび太ががんばっているようだった。

それでも仲裁に飛び込もうと思ったドラえもんは、のび太の言葉に足を止めた。

「ダメなんだ。ぼくだけの力で勝たないと……ドラえもんが安心して帰れないんだ！」

「知ったことか～。この～いいかげんにしろ～！」

「わーー」

のび太はドラえもんのために……かけがえのない友人が、心残りなく未来に帰れるように、こんなところで戦ってくれていたのだった。

飛び出していきたい気持ちを必死にこらえているドラえもんの目に涙があふれてきた。

「っつっ、ううっ……のび太くん」

ゼイゼイと息をしながら、ジャイアンはもう一発も殴ることができないほど疲れ切った自分を感じていた。

上げようとした腕がびっくりするほど重い。

それでも体をねじってその反動でのび太を殴りつけるのだが、そんなやり方ではまるで力が入らず、ジャイアンのパンチはもうほとんど効果を発揮していなかった。

「ハア、ハア、ハア。どうだ、これでこりたか？」

「まだまだ……」

のび太がまた足にしがみついてくる。

気力だけで動いているようだった。

ジャイアンももう限界が近づいていた。

手数ではジャイアンのほうがはるかにヒットしていたし、のび太の偶然当たった数発のへなちょこパンチは、ジャイアンになんのダメージも与えていなかった。

しかし決してケンカをやめようとしない今日ののび太の執念は、ジャイアンの心のどこかを確実に折った。

ジャイアンはため息をつくと、素直に頭を下げた。

「わかったよ、おれの負けだ。許せ、のび太！」

それを聞いて安心したのか、のび太はずるずるとジャイアンの足から崩れ落ちていった。

その場を立ち去ったジャイアンと入れ替わりにドラえもんが駆け込んできた。

抱き起こしたのび太は青あざができた目をにっこりと細めて言った。

「ドラ…え…もん…。見たろドラえもん。勝ったんだよ。ぼく一人で。もう……安心して帰れるだろ？　ね？　ドラえ…もん」

ドラえもんは何度も何度もただうなずくだけだった。

ポタポタとのび太の頬に落ちる涙が、幾筋もの小さな流れをつくって顔についた泥を洗い流していた。

部屋まで運ばれてきたのび太は、疲れからかすぐに眠ってしまった。

その寝顔をずっとドラえもんは眺めていたかった。

どのくらいの時間がたったのだろう。

白みかけた空が、カーテン越しにのび太の頰をうっすらと照らし始めていた。

あざや傷や満足そうな笑顔や……。

ドラえもんはそんなものをもう一度しっかりと心に刻み込むと、のび太を起こさないようにそっと立ち上がった。


「のび太～、朝ごはん早く食べちゃいなさい」

「はーい、今行く～」

たっぷりと睡眠を取ったのび太は起き上がって周りを見回した。

朝の光がのび太の部屋に差し込んでいた。

机の引き出しは、ドラえもんの最後の行動の残り香のように少しだけ開いていた。

のび太は心の一部をもぎ取られてしまったあとのような、それでいて新たな日々が始まったかのような不思議な感覚を感じながら、心の中でいなくなってしまった友だちに語りかけた。

『ドラえもん……君が帰っちゃったら部屋がガランとしちゃったよ。でもすぐに慣れると思う。だから心配するなよ、ドラえもん』

20

春になっていた。

段階をいくつか飛び越したかのように急に暖かくなった日差しの中を、手足をばたつかせながらのび太は駆けていた。

まさかそんなことが起こるなんて。

あの日の決意は、あの日の覚悟はいったいなんだったんだろう。

でもそんなことどうでもよかった。

また会えるのだ。まさかのあいつにまた会える日がやってきたのだ。

「やった！　やった！　やったぁ！　やったぁ！」

倒れんばかりの勢いで部屋に飛び込んできたのび太は叫んだ。

「ドラえもん！！！」

が、そこにはドラえもんの姿はなかった。

「あれ、どこに行ったんだ？」

のび太はニヤリと微笑むと、さっと押し入れを開けてみた。

「ここか！　ドラえもんっ！」

しかし、そこにもドラえもんはいなかった。

「ママーーッ！」

落ち着かなく階段を踏み外して落ちてきたのび太に、ママが居間から出てきた。

「だいじょうぶ？」

「エヘヘへ。だいじょうぶだいじょうぶ。ねえ、ママ、ドラえもん来なかった？」

「えっ、ドラちゃん？　戻ってきたの？」

「あれ？　いないんだ。おっかしいなあ。わかった！　そうか、イヒヒヒヒ」

ドラえもんは透明マントか何かで姿を隠しているにちがいない。

それはそうだろう。照れくさい気持ちはよくわかる。

ついこの前、一生会えないと泣きながら別れたばっかりなのだ。

のび太は再び部屋に戻ると、貯金箱からありったけの小銭を集めて短パンのポケットに入れた。そして、しょうがないなあという顔をしながらわざと大きな声で言ってみた。

「さーて、じゃあドラやきでも買ってくるかなぁ。その間にドラえもんが来るといいなぁ。フフフフフフ」

「ド・ラ・や・き！ ド・ラ・や・き！ フフッ、フフ〜！」

のび太が浮かれてドラやきを買いに行こうと、空き地の横をスキップで通り過ぎようとしたときだった。ジャイアントとスネ夫が笑いながらお互いの戦果を報告しあっていた。

「ヌフフフッ、どうだ？ おれのウソのほうがあざやかだっただろ？」

「いや〜、剛田さんには負けましたよ」

「しかしのび太も単純だよなぁ。あんなウソにコロッとだまされるんだもんなぁ」

そのときスネ夫が何かに気づいてジャイアンの服の裾を引っ張った。

「ねえ」

「なんだよ」

ジャイアンがスネ夫の指さす先を見ると、真っ赤な顔ののび太が立っていた。

「ウソなの？」

「ウハハハハ！　今日はエイプリルフールだぜ！」

「やっぱりのび太が一番だましやすいよなあ」

「く～っ!!」

のび太は叫びながらジャイアンに飛びかかったが、頭を押さえつけられて一歩も前に進めない。

「悔しかったら、お前もウソつけよ！」

「そうだそうだ！」

「後ろにオバケがいるぞ！」

「オバケって！　子どもか！」

悔し紛れにとっさに出たウソをさんざんバカにされ、さらには頭を押さえられたままジタバタした拍子に、ポケットからドラやきのためにかき集めた小銭がバラバラと散らばった。

のび太は、みじめでみじめで仕方なかったが、この前と違って、ジャイアンにしゃにむに向かっていく気力はまったくわいてこなかった。

ただの怒りはそれほどの力を持っていないんだなとのび太は知った。

ただただのび太は悔しくて切なくて……そしてもうどうでもいいやと思った。

その後のび太は家に帰ってきて、部屋の隅で正座して泣いていた。傍らにむなしく置かれた小銭に、涙がぽとぽとと落ちた。

「うう…、ううう…ドラえもん……ん？」

そのとき、のび太は何かを思い出したようだった。

「そうだ」

のび太は、押し入れの中から、ドラえもん型の箱を出してきた。

それは、ドラえもんがこの時代を去らなくちゃいけないことをのび太に伝えたときに渡したものだった。

そのときは、ドラえもんがいなくなってしまうことのショックが大きすぎて、確かめもしなかったが、あらためて手にするとこんな場面を想定して置いていってくれた贈りものであることがよくわかった。

ドラえもんはそのときこう言っていたのだ。

「もし、のび太くんがどうしても我慢できないことがあったらね、この鼻のスイッチを押してごらん。そのときの君に必要な道具が一度だけ転送されてくるから」

のび太は今こそこの箱を使うときだと確信した。

スイッチを押すと、機械音がして箱の中に何かが送られてきた。

箱の重さがぐっと増した。

フタを開けると、そこには何か不思議な色をした液体の入った容器と、空中に文字が浮かび上がる解説書が入っていた。

「これは『ウソ800《エイトオーオー》』という飲み薬です。これを飲むと、しゃべったことがみんなウソになります」

確かにそれは今まさにのび太が必要なものだった。

「エイプリルフールにぴったりだ。『ドラえもんが来た』なんて、ぼくにとって、いっちばん残酷なウソ……。あいつら、許せない！」

21

さっき泣きながら帰っていったのび太が、自信満々の顔でジャイアンとスネ夫のいる空き地に戻ってきた。尋常ならざる様子にジャイアンは少し警戒しながらも、相変わらずのび太をバカにしきっている。

「なんだか、バカに張り切ってきたぞ」

「また幼稚なウソを考えたな」

「今度はどんなウソかなあ」

「さっ、言ってごら〜ん」

「ぼくに謝る気ない？」

「ドッヒャッヒャッヒャッヒャ！　アハハハハッ！」

ジャイアンとスネ夫は顔を見合わせて爆笑した。

「じゃあ、しょうがない」

のび太は手にしていたウソ800を一気に飲み込み、ジャイアンとスネ夫の間を通って、土管の中に入っていった。

「ああ、今日はいい天気だなぁ」

「は〜!? それがウソ!? ギャハハ……」

ジャイアンたちが笑い転げるのもつかの間、天の底が抜けたようなものすごい豪雨が降ってきた。

「ん……あれ? ああ〜っ!」

ずぶぬれになりながらジャイアンとスネ夫があわてている。

「なんだ、これ!」

ひとしきり雨にやられてずぶぬれになっていく二人を眺めてからのび太は言った。

「あ、大雨が降ってる」

その直後、雨はぴたりとやんだ。

「な〜に、しやがるんだ!」

「へーくっしょん!」

怒りくるうジャイアンの隣で、スネ夫はくしゃみをしている。

今ののび太は、なにやらすごい力を持っているらしい。

次は何を繰り出してくるのか？　ジャイアンとスネ夫は身構えた。

「気味の悪いやつ……」

「スネ夫は……えっと」

「あっ？　フフ……」

「犬にかまれない！」

途端にどこからか現れた野良犬が、スネ夫に向かってまっしぐらに飛びかかってきた。

「い、い、犬⁉　ちょ……、犬～っ！　助けて～！」

野良犬はスネ夫の半ズボンにかみつくと、パンツごと引きちぎった。スネ夫のおしりが丸見えになったが、それでも野良犬は攻撃を緩めない。みっともない姿になったスネ夫はズボンを必死に押さえながら逃げていった。

さあ、今度はジャイアンだ。

のび太の眼鏡が怪しく光った。

「ジャイアン」

さすがのジャイアンも、状況を理解して勝ち目がないことを悟ったようだった。

「なんだよ！　やめろよ！　かんべんしてくれよ。謝るよ、謝るからさぁ」

許してあげる気は毛頭なかった。ジャイアンはのび太にとってひどすぎるウソをついたのだ。一線を越えた……そのことを身をもって理解する必要がある。骨身に染みるまで。

のび太はジャイアンが最も苦手とする人をこの力を使って召喚することにした。

「君はお母さんにかわいがられるね。イヤというほど！」

ジャイアンの顔がみるみる青ざめ、あわてて土管の中に逃げ込むが、間髪をいれずにジャイアンの母親の怒号が公園中に響き渡った。

「たーけーしぃいいいい」

ジャイアンの母親は今にも頭から湯気でも上ってきそうな表情で睨みつけていた。

「店の手伝いしないで、どこほっつき歩いてたんだい！　今日という今日は許さないよ」

「ああ、かあちゃん！　ごめんなさ〜い！」

子どもたちの間では無敵の強さを誇るジャイアンも、母親の前では哀れな子羊のようになってしまう。

むんずと首根っこをつかまれたジャイアンが、悲鳴を上げながら引きずられていった。

この分だと、一週間は店の手伝いを強要させられるだろう。

のび太は結果に大満足して腹を抱えてゲラゲラと笑った。だが笑いながらその表情は暗く沈んでいった。むなしかった。

ドラえもんがいない世界……それに慣れなくちゃと思っていたし、慣れることができたと思っていた。

しかし、今日のジャイアンのウソでそれがただ自分をごまかしていただけだったことに気づかされてしまったのだ。

一緒に笑い合う相手がいなければ、大成功した仕返しもなんにもおもしろくなかった。

部屋に飛んで帰って、ドラえもんに自慢したかった。

「まぁた、道具をそんなことに使って」と、たしなめられたかった。

自分の胸に空いていた大きな穴をあらためて見つめながら、のび太はとぼとぼ家に帰っていった。


「ただいま〜」

「おかえり〜」

家に入って階段へ向かっていると、ママが居間から声をかけてきた。

飛び上がるように出ていったり、ボロボロになって帰ってきたり、最後には怪しい笑顔を浮かべて出ていったのび太のことを心配していたのだ。

「それで？　ドラちゃんはいたの？」

もう詳しく説明するのもいやだった。

のび太は最低限の答えだけを返した。

「ドラえもんがいるわけないでしょ。ドラえもんは……、帰ってこないんだから。もう二度と会えないんだから……」

「え？」

そのとき、のび太の部屋では人知れず机の引き出しが青く輝きガタガタと揺れ始めた。

階段を上りきってしまった。

部屋に入りたくなかった。入ったら、ドラえもんの不在という現実を突きつけられる。

もう慣れたはずだったのに、再び開いてしまった心の傷を抱えた今は、ドアを開けたらそこから血が噴き出してきそうだった。

のび太はドアの前で数分立ち止まっていたが、ずっとそうしているわけにもいかず、勇気をもって中に入った。

目の前の光景が信じられなかった。

泣いているような笑っているような不思議な表情でそこに立っていたのは、懐かしいあのドラえもんだった。

「のび太くん！」

「ドラえもん？　どうして？」

「実に不思議なんだよ。急に来ていいことになった。ん？」

のび太が持って帰ってきたウソ800の空き瓶を見て、ドラえもんはすべてを悟った。

「そうか！ これを飲んで、ぼくが帰ってこないって言ったんだね」

——言ったことすべてがウソになる——そしてのび太はドラえもんが帰ってくるわけないと確かに言ったのだ。

ウソ800の力がドラえもんを帰してくれたのだ。

「うん。うん」

嗚咽を我慢しながらのび太はうなずいた。

我慢しすぎて胸の筋肉が痙攣を起こしそうだった。

何を言ってもウソになるなら、反対の言葉を言うしかない。

「う……うれしくない！ ぜんぜんうれしくない！ ちっともうれしくない！」

ドラえもんの目にも涙が光っていた。

ついに我慢しきれなくなって、のび太はドラえもんに飛びついた。

「ほんとに…うれしくない！ これからもずっーとドラえもんといっしょに暮ら

さない！　暮らさないったら暮らさない！　ぜったい一緒に暮らさない！」

がんばって逆さまに言いながら、のび太は胸の穴がみるみるうちに埋まっていくのを感じていた。

そしてドラえもんと手を取り合って、いつまでもいつまでも踊り続けたのだった。

いくぶん赤みを増した夕方の太陽がのび太の部屋の窓から差し込んで、二人をあたたかく照らしていた。

おわり

あとがき

「思えば、気がつくとドラえもんはそこにいました。

そう、ドラえもんは現代の日本人の心に浸透しきっています。

なんと日本語入力ソフトで〝どらえもん〟と入力して変換すると、一発で「ドラえもん」になって出てくるほどです。

それほどドラえもんは日本人の日常に溶け込んでいるのです。

あまりにも日常的に身近にあって、空気のような存在で……ドラえもんはいてくれて当たり前……と、日本人のほとんどが感じていると思います。

しかし本当にそうなのでしょうか？

当然のことですがドラえもんにも始まりの物語があり、また何度か最終回も描かれています。

僕たちは、今回、そこにもう一度光を当てて、『ドラえもんは未来からやってきたロボットで、いつでも帰ってしまう可能性を秘めているのだ』ということを再認識する物語を作りたいと思っています。

そして当たり前のように見える『日常の風景』がどれほど貴重で尊いものであるかということを逆に照射するような映画ができるといいなと思っています。

もう一度原点に戻り、ドラえもんとの出会い、次第に友情が深まっていく様、そして悲しい別れを丁寧に描いて日常と空想が最高の形で手をつないでいるドラえもんを再発見したいと思っているのです」

これは、この映画「STAND BY ME ドラえもん」を作るときに企画書に入れた文章です。

いつも過ごしている日常がどれほど尊いもので、それはいつでも急に消え去ってしまう可能性を秘めているんだよということを僕らは知ってしまった世代です。

だからそのことをドラえもんを通して伝えたかったんだと思います。

さらに、最悪の未来しか持っていなかったのび太の〝ドラえもんが来たからこそ〟の変化で、僕らにはいつでも未来を変えるチャンスがあるということも内包させたかったんだと思います。

作中でもセリフにありますが「どうせ」という言葉が本当に嫌いで、でもいろんな情報が飛び交う現代にはこの「どうせ」ってやつが蔓延してきている気がして……そんな世の中に抵抗してみたかったという気持ちもあります。

「知ったようなこと言ってんじゃねえよ。やってみなきゃわかんねーじゃんかよ」というのが現代を生きるいろんな人々や自分自身にも対して一回ちゃんと言っておきかったんだと思います。

そしてそれらはすべて藤子・F・不二雄先生の原作の中にすでに存在していたことです。

脚本を書くに当たって、原作を何周も読み返しましたが、軽い話やふざけた話の中にも生きていく上で大切なことがそっと忍ばせてあって、本当に読み込めば読み込むほどどんどん引き込まれていきました。なんというか、脱帽です。

今この文章をコロナ禍のただ中で書いていますが、それでも僕は、いつかは終わって新しい未来がやってくると単純に信じていられます。

それはきっとドラえもんが教えてくれた大切なことの一つなのだと思います。未来を信じる心。それを子どもたちに伝えてくれているドラえもんという物語が色あせることはきっと未来永劫ないのだろうなと僕は信じています。

二〇二〇年夏

山崎　貴

本書のプロフィール

本書は、２０１４年公開の映画『ＳＴＡＮＤ　ＢＹ　ＭＥ　ドラえもん』をもとに著者が書き下ろしたノベライズです。

小学館文庫

小説《しょうせつ》　STAND《スタンド》 BY《バイ》 ME《ミー》 ドラえもん

原作　藤子《ふじこ》・F《えふ》・不二雄《ふじお》
著者　山崎《やまざき》　貴《たかし》

二〇二〇年十一月十一日　初版第一刷発行

発行人　野村敦司
発行所　株式会社　小学館
〒一〇一-八〇〇一
東京都千代田区一ツ橋二-三-一
電話　編集〇三-三二三〇-五一〇五
　　　販売〇三-五二八一-三五五五
印刷所――――図書印刷株式会社

この文庫の詳しい内容はインターネットで24時間ご覧になれます。
小学館公式ホームページ　https://www.shogakukan.co.jp

Printed in Japan
ISBN978-4-09-406838-2